Gaea

Gaea

廿載繁華夢

EN ROUTE
COLLECTED TALES Ⅱ

護玄

廿載繁華夢

目錄

夢？非夢？

特殊傳說 ✤ 異時夢

呼……呼……

座落在眼前的，是極其龐大，卻早已敗落至極的城市遺骸。

淹沒這些人工骸骨的，是茫茫無際與彷彿要吞噬天地所有景物的原始叢林。

近黑的幽綠遍布視野，張牙舞爪地往四處蔓延，如海如夢魘，偶爾有些穹頂、樓閣從綠霧裡探出，像是原本居民被停滯的最後一點存在過的痕跡。

冰冷的風吹過，帶起陣陣植物與無機物摩擦的沙啞聲響。

或許有硝煙與血腥，還有來不及被帶走的亡靈殘留的嘆息。

深色的綠、深色的沙黃。

還有深色的暗紅。

棲息在沙與泥上的並不是火焰，而是從某些生命體內慢慢蜿蜒溢出的不祥色澤。

就像一次又一次的詛咒、憎惡、怒罵，深深刻印在大地上，有新有舊，數量極多，一眼望去如群蛇爬行，怵目驚心。

「我」看著自己的雙手，朝上的掌心沾染半乾涸的暗紅色液體，邊緣隱隱發黑地黏在皮膚上，冰冷濃濁得像是另一個世界的產物。

不太舒服。

傳來的觸感不太舒服。

這是什麼？

「我」爲什麼會在這個地方？

無法理解。

感受到手掌帶來不適的同時還有湧上心頭的情緒，陣陣鮮明到無法忽略，令人窒息的憤怒、憎惡、絕望，以及夾雜在裡頭的某種異樣愉悅，蔑視弱小事物那種居高臨下的憐憫……如同看著某些自以爲厲害，在我眼裡卻孱弱不堪，執著著前仆後繼來找死的生命體所產生的微妙感覺。

簡稱無效送頭。

有點可憐，但又可笑。

大概打遊戲時，魔王看村民也是這種感觸吧。

昏暗模糊的視覺就在這種滑稽的心情與混亂周遭中緩緩恢復過來。

我隱隱透過了手掌與手指縫隙看見下方地面，那些被染色的沙土薄薄地覆蓋住躺倒在地上的幾具人體。

有男有女，有年輕，也有年長的面孔。

這些人是誰？

部分穿著極為眼熟。

制服？

袍服？

「咳……」

旁側右前方有具還沒涼透的人，吃力地翻過身體，以往美麗的面孔滿布傷痕與血漬，與最初見面時的模樣完全不同，既狼狽又不堪。

她是誰？

我歪了歪頭。

有點熟悉，但又很陌生。

「……這就是你……要的嗎？」仰起的破碎面孔無神凝視著晦暗的天空，黑色的紋路爬在她的面頰，一點一點裂開，迸出更多血液。

「……」走向那具纖細的身軀，我蹲下身，聽著對方越來越輕淺、費力的呼吸，可以感受到死亡正在逼近的聲響與氣息，但在這之前她多半還要痛苦一小段時間，所以我略微思考後抬起手，黑暗自手心蔓延而出，加速剝離女性殘存的生命，給予她更為輕鬆的解脫。

「晚安，庚學姊。」

……

……？

下意識脫口的名字讓我微頓了下，但很快就繼續執行奪命工作。

這不難，我已經很習慣這些事情。

生命氣息消失後，我收回手，不怎麼留戀地離開如今已是單純肉塊的軀體——地上太多了，這具看上去似乎也沒有比較特別，即使她有名字。

我多凝視了她幾秒，還是沒想起為什麼這個有名字、哪裡特別，於是轉開視線，下意識朝右後方開口。

「哈維恩？」

夜妖精從幽暗的樹叢中走出，冰冷無溫的眼眸看不見絲毫情感。

不知道為什麼，眼前的夜妖精看起來既陌生又熟悉，好像長存於我的記憶裡成為某種設定，又好像沒出現過這個人，但我對他沒有任何殺意或是想要抹除的感覺，相反地，居然還有種說不出的信任感。

這就很有意思。

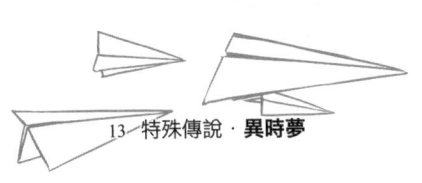

我抬起手，黑色的火焰在指尖轉動，但沒有丟過去的欲望，只好悻悻地再度掐熄。

對了，好像……還有一個……嗎？

刷過信任感的，總覺得不只眼前這個。

但周圍的生命體僅有我們兩人。

爲了確認，我還刻意用黑暗力量掃描過方圓十里，除了植物以外，連隻蟲都沒有。

「這是哪裡？」拋去思考還有一人是誰這種麻煩又困擾的事，我相當乾脆地詢問走到身邊的夜妖精。

對於我不定時失去某些記憶或者奇怪的發問模式似乎很熟悉，夜妖精沒露出怪異的目光，鎮定而平靜地回應：「白色種族的城市遺骸，以及空間相疊之後，沉默森林的遺跡。」

「呃……」

「白話說，就是二合一重疊殘跡。」夜妖精開啓簡化模式。

「懂了。」我點點頭。

這麼一說，我想起來了，曾經繁華，但在邪神降臨後被殲滅成爲死城的種族城市。

然後是獵殺隊追殺我們時，因爲鬥毆範圍過大並過於激烈，觸發了沉默森林的禁地——也就是不明妖魔們留下的空間術法，諸如此類的種種巧合把整座死絕的沉默森林拖拽出來，硬生生交疊到廢棄城市裡。

以遊戲的角度來看，就像是兩者疊加後成爲新型態的副本或者後世地圖，看起來熟悉又不熟悉，沒有安全只有危險。

當然，危險是對特定的白色種族來說，黑色種族在這裡根本如魚得水，完全不會被腐敗的力量或黑暗氣息影響，某程度上甚至還能夠反吸收，壯大自己的實力。

我們在這裡住了一段時間，本意是躲避白色種族的獵殺隊，但現在好像發展成了白色種族來「刷怪」、「攻略」的景點。

眾所皆知，菁英怪當然不可能刷一次就成功。

於是就會變成剛剛那副模樣。

……這要從哪裡追憶起呢？

啊，是從入學之後開始的吧？

如果當時沒有入學，說不定不會認識其他人，也不會知道世界的另外一面，更不會看清楚我們家所面臨的危機。

一想到這些，我就有點頭痛。

眞．物理性頭痛。

好像有什麼在提示我不要繼續深思。

想太多沒好處。

我敲了敲腦袋。

「須要我如同往常替你做一些記憶提示嗎？」夜妖精抬手掀動沙土與黑綠的植物，窸窣蔓延過來的樹根、藤蔓覆蓋屍體們，將其慢慢地拖入裂開縫隙的大地，永遠成為世界的一分子。

「記憶提示？」我按著眉心，微皺起眉。

依然表現出很熟悉我這副德性的哈維恩耐著性子，緩緩開口：「是的，你的記憶混亂持續了很長一段時間，我們約定每隔一陣子就必須為你做記憶提示，讓你可以不用那麼迷惑……或抓狂；畢竟你錯亂之後，經常性地遺忘各種事件，接著做出怪異的行為，包括但不限於挑戰白色種族的神經或駐地、破壞某些聖地、爆破部分禁地。喔對，因為這樣，目前還債台高築。」

「……」

似乎有這樣的事。

我隱約覺得應該是我會幹的事，又覺得不太像是我會幹的事，我確實是很想爆破某些地方啦。但在我記憶混亂之前，不是會先有人制止我嗎？殘留的印象確實是這樣……吧。

那麼，會阻止我的人在哪裡？

我總覺得「他們」應該一直都在，至少不會讓我變成赤貧。

放任我大肆破壞、大開殺戒之類的，莫名有點匪夷所思……如果這裡倒一地真的都是我幹的好事——雖然確實看上去是我會用的手法無誤，到處都是熟悉的黑色力量，顯然我超放肆地狠狠掃射了一輪。

所以現在是什麼狀況？

彷彿看出我的疑惑，夜妖精拍拍袖口不存在的灰塵，慢條斯理地啓齒：「如果不計規模，這已經是我們在此處第十八次被攻擊了，不算沉默森林被覆滅那場的話。」說著，他伸出手，做了一個「請移動」的手勢。

雖說屍體已用夜妖精的方式好好入土，但後續依舊會有各路追兵前仆後繼、左蹦右跳，站在這裡當靶子不是什麼好選項。

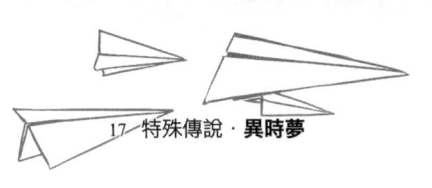

我沒什麼要做的事，從善如流地跟著離開，邊走邊聽夜妖精述說，破碎在意識各處的零散記憶再度慢吞吞地被點亮。

例如，學院被鬼族入侵之後，花了很長一段時間收拾善後，畢竟他媽的外來入侵者連賠償都沒有，後續掏了很大一筆錢，還有各種淨化等等的問題。

這些我依稀記得，好像還有個鬼王被暴衝的獸王族狠狠踩了一腳之類，較衝擊的畫面多少可以勉強回憶得起來……也不一定。

我壓著又開始有點隱隱作痛的腦袋。

似乎有誰在那次戰場裡成爲傀儡被驅使，事後還引出了不同種族的高手或是奇奇怪怪的存在，我的潛意識告訴我這些事故遠比起獸王族踩鬼王還要嚴重、暴烈，但無論如何我都沒辦法喚起更清晰的畫面。這些人只殘留少許在黑暗中模糊的輪廓、線條，完全無法徹底地被想起，那感覺就很像黑水裡滴了一點白墨，你看見它存在了，正想撈它時，它很快糊成一片，不但難以恢復還扭曲成奇怪的花紋，徹底攪散剩下的記憶軌跡。

忍著腦殼陣痛幾次反覆思考，我還是撿不回那些細細碎碎的記憶殘片，組不出核心那個莫名覺得很重要的人，或者關於他的任何一點特徵，越是用力去想去記，腦漿就越翻騰，於是只好在劇痛來臨前先跳過這段。

但很重要。

這些一定很重要。

雖然說不出所以然，但我知道這些碎片急須點亮光芒，置之不理總感覺會發生什麼讓人後悔的事。

後來……霜丘的夜妖精來襲，帶著不友善的警訊。

似乎是從那時候開始，所有事態急轉直下，就像堆疊極高的雪山開始崩塌，藏匿在底下、密密麻麻的「不好」逐漸顯露出來，如毒蛇般結束冬眠，開始往外爬行。

——又或者，其實更久之前就已開始傾倒？

只是一直以來我都沉溺在身邊朋友們爲我編織的溫馨圈圈，被他們用安全網包裹，過濾掉那些極度危險與惡意，在友善的氛圍中作著周邊的人一切都友好的幻夢，因此錯失了許多先兆。

是的，其實就是我忽略了。

這個世界從來沒有掩飾過對我、對黑色種族的惡意，只是我一直沒有仔細看、仔細聽，自顧自催眠自己這個粗神經去不在意那些話語、襲擊。

他們始終存在。

只是我沒有注意。

對了，我想起來……

記憶最幽暗的深處，有一些線交互接連在一起，從那裡又浮出一塊碎片，關於學園戰、關於那之後的遺憾。

我記得那個人的背影，原本應該屬於白色陣營，卻出現在敵對的那方，最後又被撕扯回到他該待的世界——以非常慘烈的姿態。

在那場戰役受到重創且靈魂被剝離身體的半精靈雖然重回白色世界，但即便有大量珍稀資源傾倒般地救治，卻始終沒再甦醒，被塵封在只有少數人才知道的隱密位置，慢慢不再被提起。

過了段時間，原本看似安穩的生活又開始起變化，來自霜丘的夜妖精在醫療班鬧了許多事後最終被擊退，但他們留下了波滔，水面上震動的漣漪不斷向外擴張，直到把我一直深藏的妖師身分曝光，燎原般地被有心人士操作、瘋狂流傳。

一時之間惡意噴發，連學院都很難遏止學生的討論與憎恨，甚至蹦到我面前刷存在感和放話叫囂。

被撕開溫馨圈圈，我「才發現」厭惡妖師的人比想像中多很多。

雖說校園內收斂了些，跳到面前釋放瘋狂惡意的人屬於少數，然而許多無言看過來的目光裡都有一抹黏稠的反感，這可比直接說出來還要讓人刺痛。即使我再如何假裝不在乎或神經大條，那些眼神依舊一層層疊壓到我心裡，紮實且沉重地壓裂不安的冰層。

直到崩裂的那天。

「所以那個半精靈是誰？」

我揉著頭，睜開眼睛，發出疑問的同時好不容易拼湊起的記憶又變成線條，抹掉了那張原本應該很重要的面容。

在哈維恩一邊穿插著提醒過去時，我赫然發現我對話裡的「半精靈」連線條影子都沒了，只記得一個可以沉人的醫療班特調大缸，裡面裝什麼卻是模糊不清。

所以變標本了？

「是你的代導人。」哈維恩耐心說道，可能重複了很多次，他說：「你入學之後，很常和他一起行動，他保護你很長一段時間，你找死時他差點也被你一起搞下去。學院賽的時候你曾與他們同行過。」

「……沒印象。」我一想起學院賽就腦子痛。不過那個人是如此衰小的存在嗎？爲什麼我聽夜妖精描述時，他那張死臉露出了一種嫌棄我的表情？

我是幹了很多對不起對方的事嗎？

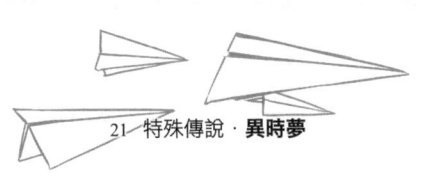

然後還把他忘得乾乾淨淨？

莫名就有點、咳，渾蛋。

哈維恩很快又恢復那種心如止水的死臉，「那……」

「先跳過。」我抬抬手，腦殼又痛起來時決定先跳過會讓我更腦痛的片段，然後逃避一下我曾經幹過什麼辜負別人還忘乾淨的事。

我覺得不是我的錯，我潛意識是有影子的，不爭氣的是這顆腦子。

夜妖精很隱蔽地看了我一眼，又帶了一點點藏得很好、但確實是在看某種渣的嫌棄眼神。

在我準備揍他時，他很快繼續開口。

「好的，那就是夜妖精們的徵兆了。」哈維恩本人也是從那時期開始不定時跟在我身邊，隨著時間越來越長，最後拋棄原本可以安穩藏身的沉默森林，獨自一人向我靠攏。

不得不說他這個做法很勇敢，也很無腦，總之換成是我大概還須要考慮一段時間，最後高機率會做出一個「管他去死」的決定。

可能是因為妖師族長的囑咐，又或者只是看不慣一名繼承先天能力者莫名其妙死在他討厭的白色種族手上，會對所謂的黑色種族尊嚴造成不良影響等等。

確實也不錯，畢竟那個時期的我還相當地弱、弱爆，連現在的自己都看不下去，簡直像個散發謎之力量不自知的嬰幼兒爬進高中園區，全世界的人看你都像在看裸奔者，只有你自己以爲藏得很好、很平凡。

無法抵抗全盤惡意，導致在校園幾乎被憎恨黑色種族的學生們邊緣化，這讓我想起了國中時代總有白目在搞霸凌，一個個小圈圈像是病毒傳染般，把我隔離在正常交際圈之外，好像沾到我馬上會暴斃。

只是現在的惡意更明顯，且在看不見的地方這些嫌惡會成爲黑色的養料，逐一進入我逐漸不怎麼堅定的思緒裡，一點一滴改變我的想法、行爲，以及力量。

就算身邊好友們努力安慰，或者好心人士送我多少讓腦袋清明的藥物、食物，我還是越來越迷茫。

我開始被動地擷取黑色能量。

過了一段時間，我緩緩地轉爲「主動」。

腦袋裡的細語越來越明顯了，混合著他人的敵視、未知事物的低語，夢境同時混濁起來，幢幢黑影總出現在深夜窗後，深沉的視線凝視著每一條我選擇的路，並在上面鋪上更多的黑暗與惡意。

與此同時，我發現我變強了。

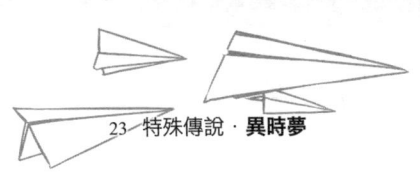

✦✦✦

說不定當時鬼族說的「羊與狼」是對的。

即便最初我沒有任何想傷害人的念頭，也裝得很像白色種族，但在各種湧來的負面情緒澆灌下，我漸漸感受不到善意，變得更靠近惡念那一方。

每每朋友們以擔憂的目光看向我時，我腦內便會出現兩種聲音。

一是要我盡情、肆意地破壞，反正這些人全都不安好心，大家一起爆炸好有伴。

二是僅剩不多的良善理智，讓我記得身邊人們曾對我有的期許，至少在半精靈甦醒前，我還能扮演對方所想的好人。

……所以那玩意又是什麼？怎麼哪裡都有這個想不起來的半精靈？他日常篇幅這麼多的嗎？

我敲敲腦袋，依然想不起來這位可能很倒楣的仁兄到底是什麼樣子。

而在那段亂七八糟的時期，沉默森林被攻擊的次數同樣不斷增加，一次比一次猛烈，整個世界的惡意與不滿好像找到了發洩口，不敢直接對妖師一族動手的人全力襲擊附屬種族，首當其衝的就是曾經最為效忠、並浮上檯面的沉默森林，別稱黑色的走狗。

畢竟那就代表是侍奉黑色種族，因此襲擊者擁有所謂的「正義」，消除黑色威脅天經地義，就算有人幫他們說話，都能以是否勾結黑暗作為反駁。

那時我一直覺得夜妖精們真的游刃有餘，他們說他們常年對付入侵者，非常有經驗，不需外力介入。

無論如何，那是個「族群」，人數比我這個「單體」多很多，且哈維恩也讓我這樣認為，他永遠都只會說「沒事」、「夜妖精不懼威脅」等等，所以我只顧著沉浸在自己的憂慮裡，感覺自己是全世界最倒楣的人。

等某日我猛然驚覺夜妖精對我謊報情勢時，沉默森林已有大批族人被殺害，其中老弱婦孺居多，妖師一族從他處接獲警示，得知種族隊伍有大規模行動後去得太晚，夜妖精戰士們和那些聯手起來的「正義」早殺成一片，原本靜謐蓬勃的森林鮮血淋漓，集結所有生命的血水在地面匯流成小河，染紅附近的大片水潭，綠意盎然的清新空氣更是抹上濃厚的刺鼻氣味，填滿了吹拂而過的風。

遲來一步的我，看著夜妖精無聲站在一具具族人屍體前的背影，向來高傲筆直的背脊變得有些寂寥與佝僂。

他什麼也沒說，但又好像什麼都說出口了。

我幾乎沒見過對方這樣的痛苦姿態，從來他都是尖銳自信、冷漠又嘲諷，對外具有極高攻擊性，看不喜歡的其他種族就像在看害蟲或垃圾，是那種即使面對死亡都不會低下頭顱的性格……卻在那瞬間彷彿整個人隨時會原地碎散。

無法言喻的濃濃悲傷與血腥味混成一團，直接在窒悶的空氣裡傳開，背景則是來援的妖師族人們，正在盡力地將殘餘的入侵者逐出沉默森林。

然而這些反抗舉動造成的傷亡似乎更證實了黑色種族的「邪惡」，小範圍廝殺逐漸擴大，「被攻擊」的白色種族來援越來越多，似乎人人都為了正義前來討伐，越漸展開的戰場戾氣炸散，最終震動了禁地，引出藏匿在其中的禁忌存在。

突如其來的魔使者斬殺了進入禁地、懷著滿滿殺意還不肯撤退的白色種族。

這下子白色種族終於抓到了沉默森林眞正「圖謀不軌的證據」。

戰爭的烽煙就此點燃。

最初的記憶錯亂也是從這時候開始。

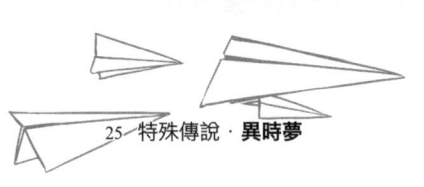

我遺忘了大多在這場爭鬥裡發生的事情，只記得看見了一張張模糊又鮮血淋漓的臉，他們看起來如出一轍、幾乎相同，辨識不出來的臉孔沒在心裡留下多少印象，僅有完全無法遺

忘的血紅代表了那一日。

幻武兵器的呼喊聲傳達不到我的心裡，長時間累積下來的不滿與被所有人討厭的深黑負面情緒高速滋長，開始用最細小無聲的方式覆蓋，殺死我原本懦弱的心。

等某個瞬間我理智清醒時，身前出現了好幾名「朋友」。

金髮的少女對著我哭泣，他們想將我帶離血泊。

他們希望我恢復理智與原本的「善良」。

每個人都希望我「恢復」。

他們只認爲是大量血腥短暫奪走我的理智……我被我的黑色血脈操控，致使一時混亂、無法控制行爲，我還有機率可以恢復原本的樣子。

那些話聽起來情眞意切，好像眞的就是這樣。

只要我回頭，就會是這樣。

但我們都知道不是。

當時我內心只有一句咆哮——

所以善良與不邪惡就代表應該要乖巧地在原地等待被屠殺嗎！

沉默森林還未來得及長大的孩童頭顱滾落在地，那些白色種族聯合在一起組成的侵略隊、獵殺隊越來越多，不知道是誰踢開了那顆對他們而言像是絆腳石的小小腦袋。

之後會被踢開的，又是誰的頭顱？

所以他們不算「受害者」嗎？

而被反擊的白色種族卻是「受害者」？

我無法理解。

詭異的恍惚不斷扭曲我的意識，改寫我對「白色」的所有認知，也衝擊我最初對自己設下的道德界線。

我開始覺得，如果只有我遵守，而別人壓根不在意這條界線時，那麼我獨自守著這點規範有什麼意義？

放眼望去，火光與血泊之後都是侵入他人家園並展開大屠殺的白色種族，他們對還未做惡的黑色種族沒有「界線」，那麼爲什麼黑色種族必須守著那條綑綁己身、無法自由的「線」？只是爲了被殺害嗎？

沒有人給我答案。

他們也不會在意黑色種族能不能獲得一個公正的答案。

即便如此，我仍然看見「朋友們」極力想爭取、保下我。

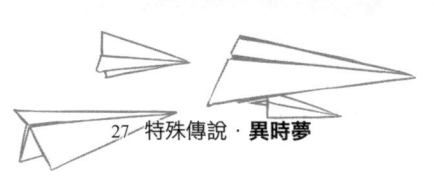

可惜……校園的學生們比起外面世界的成人始終更無力。

友好的「朋友們」沒有家族後援，顯得獨木難支，一個個白色種族的聯合攻擊者指著他們破口大罵，質疑他們是否想與黑色種族同流合污，又或者遭到蠱惑，完全不清楚自己朝哪裡搖擺。

明明已經發現沉默森林藏匿大妖魔的實證，如此圖謀不軌的舉動難道看不出來嗎？

無論妖魔們是否冷笑否認與沉默森林有所關聯，或者魔使者不分派系地全數攻擊，白色種族的聯盟說法完全一致，確認了黑色種族就是與妖魔結盟，意圖毀壞自由世界。

最後——

大妖魔們的出世導致更高階的白色種族出面，原本的爭鬥層級一下子拔到極高，瞬間吸引半個世界的種族們關注，連隱世存在都投來視線，準備在事態變嚴重之前出手。

不管有無毀滅世界的眞正動作，雙妖魔確實「越界」了。

他們從頭到尾都不應該出現在自由世界。

不該跨越世界線，不該從妖魔界來到自由世界。

假使妖魔們一直匿跡於切割空間裡，就算被一些人或世界某種意識發現，多半也會默契地不挑破其存在，當然前提是「一直匿跡」。

現在他們暴露於世界，所有的「假裝」都將破碎。

再來如何，我不太記得，只知道妖魔走了，魔使者也走了，沉默森林在輪番白色術法轟炸下成爲死亡森林，大部分生命陷入靜寂，隨處可見斷肢殘骸，那些原本是人形生物的某個部分，現在看上去完全不像人形生物的哪個部分。

僅存的夜妖精們接受了妖師族長的提議，姑且隨之回到妖師本家休養生息，等待沉默森林裡的各種傷害性術法、污染隨時間逐漸消散，再重整家園。

從那天之後，夜妖精便緊緊跟隨在我身後，像是遭詛咒後的傀儡，只認眞執行他自定義的保護命令。

✦✦✦

我和哈維恩慢慢走回我們臨時棲身的地方。

這是廢棄城市裡的一座獨棟建築物，與森林重疊後遭到破壞的狀況沒有那麼嚴重，周邊環境雖然綠油油一片，但屋內整潔正常、牆壁完好無損，甚至連床鋪都軟硬適中，蓬鬆的被子充滿太陽曬過的溫暖氣息，枕頭有一點點藥香味；與大家印象裡菁英怪會住的那種潮濕、幽暗環境不同，甚至還有一面窗戶向陽，早晨時分可以享受溫度適宜的日照。

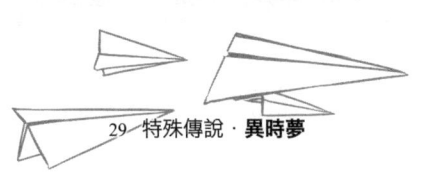

即便我這種腦子開始殘的人都會因爲這樣而賴床。

我對這個住所很滿意，如果沒有白色種族衝進來搞破壞，短期內沒打算更換巢穴。

當然，謹慎的夜妖精找了好幾個預備落腳處，非常狡兔三窟。

哈維恩剛剛提及沉默森林的過往，情緒變得比較低落，原先的日常冷漠變成心情不好的嚴重冷漠，所以我們閉上嘴稍微走了一段，等到他願意開口，才又繼續和我回憶「過去」。

這次他說的是所有捱打的黑色種族沉寂下來後，白色種族並沒有得到他們所謂的「和平」。

當他們還在歡快慶祝終於把妖魔和邪惡的黑色種族驅逐、聯合部隊出戰取得勝利之際，災厄無聲無息地降臨。

雖然我沒有親眼見到那幅畫面，但我覺得應該非常打臉。

邪神覆蓋某片土地，沒有徵兆，非常地突然。

前一晚白色種族的「捷報」飛往世界各地，跟著蹦起的區域載歌載舞，好像整個世界終於沒有塵埃了。

而遭難的中規模城市就和往常一樣早上起床、吃吃喝喝、工作，或者做日常生活的各種瑣事，可能還有人看著勝利的新聞在慶幸、讚許，互相討論黑色種族到底該不該被討伐，又或者他們是否真的與妖魔聯手，接著事情就這樣悄然無聲地發生了。

大部分人都在無知無覺中罹難，不分種族、不分男女老少，等他們反應過來時，身邊的人已經變成死屍。有的閉著眼，有的睜開眼，有的彷彿永遠被定格，直到被人撞了一下倒地後，才發現早已沒有氣息。

僥倖撤走的人多半來不及或沒心情帶走更多東西，他們只能帶著最大的財產：「自己的生命」，倉皇逃離家園，連替親人收屍都來不及，更別釐清是遭到哪種層次的攻擊。

駐城的公會成員完全沒有示警，因為他們也是被動死亡的一員。

城市的警報嗡鳴在死亡吞食了三分之二人口後才後知後覺地響起，沉重得像喪鐘報鳴。

邪神以極速吸飽恐懼與鮮血之後，又轉移到下個地點，徒留一座充滿邪惡氣息的死亡城市，隨後在另一處與趕至的白色種族大規模交戰，造成慘重死傷，而邪神也短暫地被驅逐出這個世界。

此事件後不久的某日，我和哈維恩因為某些事重返沉默森林，追著我們來的一群渾蛋白色種族獵殺隊誤入妖魔們遺留在禁忌之地的空間術法，陰錯陽差地與我們開戰，結果造成術法大扭曲，隨機把「沉默森林」投擲、交錯地嵌進了死亡城市。

其實這也不能怪妖魔們，他們當時走得很倉促，搞不好空間夾層裡還有很多東西沒有轉移，鬼知道獵殺隊會在禁忌之地起痟，打爆了人家的空間術法——真的就是他們打爆的，當時我和哈維恩忌憚著魔森林，以防禦為主，這批衝進來的腦殘好像忘記魔森林有毒，有什麼大招放什麼大招。

然後引起大震盪。

附帶一提，大震盪也把獵殺隊一堆人拋進時空亂流，天知道他們是不是還活著，反正不管有沒有夾進牆壁，我們都會被「罪加一等」。

不過好處是讓我們找到極多資源，以及足夠寬敞的棲身處——畢竟不是什麼種族都能在這種充滿邪惡與黑暗殘留的地方隨意亂走，對我們來說是超棒的保護傘。

沉默森林也與這裡融成一體，似乎沒有另外找地方的理由。

我們還打算把一些邪惡氣息排除後，讓沉默森林族人過來接手。

對了，我想起來了。

雙妖魔撤離後，某個吵吵鬧鬧的獸王族變得不太對勁。

但當時我震驚於沉默森林的遭遇，腦袋錯亂成一片，加上後來那些鮮血淋漓與朋友們的呼喚，讓我並沒有餘裕發現獸王族、甚至他雙袍級哥哥的異狀。

因此，一段時間之後得到消息的夜妖精才有些心情複雜地告訴我，殺手家族疑似與妖魔

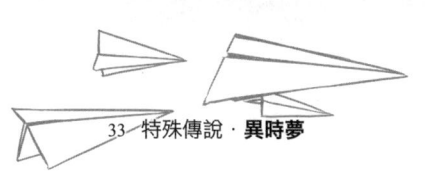

勾結，部分人士遭到獵殺隊緝捕，且因反抗激烈，雙方都出現程度不一的損傷……死傷。

死的當然主要是獵殺隊，但凶手不明，比較高的機率應該是妖魔或魔使者，當然也可能是殺手家族，畢竟他們原本就很猖狂，遊走在白色世界的黑暗規則之中，他們會發動刺殺報復也是理所當然的事情。

我只能說那些獵殺隊活該，業障到的時候誰也逃不了，誰教他們欠殺，希望他們下輩子可以正常一點，或者不要有下輩子。

樹蔭遮蔽陽光，也把我剛剛還有點迷惑的心情映得差了起來。

我記得那個殺手。

他好像是我記憶裡輪廓最鮮明的其中之一，學院戰時還踩了鬼王一腳。平常非常吵鬧，總講一些不知所以然的幹話，並且經常違反我的意願，把我從東拖到西，然後又從西拖到東。

但我需要幫助的時候，他總是會出現。

所以我們沒有幫他嗎？

「我們幫過。」

哈維恩聽見我提出的詢問，認眞地說道：「我們一收到消息就立刻趕過去，你身上有半精靈殘留的力量氣息，水火妖魔並沒有過於爲難你。」

又是那個半精靈？

夜妖精繼續描述當時狀況。

半精靈氣息是鑰匙這件事出乎所有人意料之外，完全沒有人想到妖魔們竟然會與某個過去的精靈王子有關係，並且還記得很久很久，直到千年之後惠澤到我們身上。

否則我們可能當場就被妖魔扭斷頭。

衝過妖魔們的關卡，隨後發現七彩繽紛的某傢伙與魔使者其實有血緣關係——當時雙方卡在一種說不清的尷尬狀態，我和夜妖精算第一時間趕到現場，並意外成爲居中協調的橋梁。

我確實也隱約想起有這樣的畫面。

水火妖魔有點奇妙的怪癖，但最後還是高抬貴手，憑著一絲精靈的殘餘情面，讓我釐清了部分眞相。

魔使者本人已經死亡，並沒有生前的記憶。

隨處撿屍並加以改造的水火妖魔們不太清楚魔使者的過往，但也不在意，他們只要傀儡好用就行，根本沒想過要去追查人家生前底細。

長期受到魔使者的襲擊，身爲沉默森林一員的哈維恩其實並不是很喜歡對方，過去同樣沒有了解對方的興趣。

但現在，對方「生前」另一層身分讓原本打算離白色種族遠遠的我無法置之不理。

畢竟那個時候我還殘存良心，以及可笑的良善，我以爲任何事情都還有轉圜的餘地，所以在腦袋不算很清楚的那時，我仍希望能夠幫上點什麼。

然而，西瑞最終並沒有選擇讓他的兄長復甦。

一是當時還不知道魔使者的「魂靈」去了哪裡，水火妖魔幫我們做了個簡單的追蹤，發現「魂靈」竟然沒有去安息之地，而是通向無法追查的位置。

再來是白色獵殺隊盯著他們，無論是魔使者，或是介入其中的妖師，以及背後的水火妖魔，都是會牽連更多人捲入新一輪被追殺的最佳理由，更別說已經遭受過一次嚴重屠戮的沉默森林與夜妖精們。

妖魔們雖然很狂，但給的建議卻相當有道理。

無記憶的魔使者繼續跟著他們是最安全的選擇，想復甦的話，當然也可以去尋找復甦的方法，但無論如何，違背世界法則的復生之物最好還是與他們綁定一起遊走世界，才不會被更偏激的獵殺隊盯上。

要知道，過激的傢伙們是沒有道理可講的。

只要他們對你有恨，喝口水都是毀天滅地的過錯。

當然，即使被盯上，水火妖魔也有百分之百把握可以把他們三人全都保下，遠比放在外面保險太多。

用句當時水火妖魔所說——「比起你們這些太廢物的小傢伙們，碾死那些腦殘對我們而言毫無壓力」。

先不論到底碾了之後會怎樣，水火妖魔過於強悍的力量確實可以把獵殺隊碾著玩。

然後西瑞退了一步，他只需要知道有復甦的方式，以及人曾經發生過什麼事情——即使讓他相當無法接受。

但他願意退。

僅僅爲了六羅能夠繼續「存在」。

我回憶著這些，莫名感覺到很難說明的違和感。

按照記憶，我從水火妖魔新的居住地離開時，魔使者依舊像傀儡一樣執行著妖魔們的吩咐，沒有過多其他行動、沒有主動思考。

但我的記憶卻隱隱擦過幾道影子，好像我曾與魔使者聊天說話，甚至說笑，還看過一張不應該屬於妖魔風格，但出現在他們居所的桌子。

我揉揉腦殼。

側頭看向略慢幾步的夜妖精，後者並沒有表現出不太對勁之處，好像壓根沒有經歷過這些「影子」。

就像我覺得這座混合城市的「沉默森林」看上去有些陌生，並不像已在這裡居住過一段時間，我記憶裡的「沉默森林」應該更繁榮、更不容易被外力破壞，而且有些族人其實我還見過好幾次。不過浮上來的記憶依舊就像夜妖精所言般提示著：我們在這裡待了有段時日，而今天這波襲擊算是較大規模，成員甚至有我們學校的學長姊。

對了，是學長姊。

那名最後死亡的女性，曾在火車站試圖帶領我。

然後我眼睜睜看著她跳下鐵軌。

我記得……在沉默森林被圍攻時她好像也試圖說服我放手，她也是那些痛心疾首的學院代表之一，不過當然是勸說失敗。

接著出現在公會派出支援的攻擊隊伍裡，試圖把我送走。真·物理送走。

可能在亂鬥中我無意識地手下留情，她才沒死那麼快，然而我又覺得被黑暗侵蝕之後人會很痛苦，所以最終結束了她的生命。

其實很簡單，就像呼吸一樣簡單，我也完全不會因爲她永久停止呼吸而感到難過或痛苦，只是很疑惑爲什麼他們仍然要這樣前仆後繼地不斷來送死。

明明知道打不過，並且白色種族普遍流傳著我已經「發狂」。

死亡依舊止不住他們的腳步。

他們依舊不斷地來，不斷擾亂我的思緒，不斷從世界蒸發。

這就是我想要的嗎？

我不記得自己想要什麼。

單純就是，靜靜待在一個地方，不想聽那些雜音，有人攻擊我，我就反擊。

從學院到家裡，從家裡到各種陌生又鳥不生蛋的地方。

想殺我，我就殺你。

極爲簡單的邏輯。

也是現在正在錯亂的我，最不費腦、唯一的生存邏輯。

有時候對一些人有殘留印象，有時候記憶錯亂什麼都不知道，有時候好像在夢遊，往往意識回籠後才看見滿目瘡痍，然後哈維恩會主動過來埋屍，我蹲在旁邊看他埋。

偶爾會想到，夜妖精這輩子埋最多屍體的時候，大概就集中在這段時間吧。

不算沉默森林。

那麼我又是從什麼時候開始大開殺戒的呢？

不，更進一步地說，我是從什麼時候開始對生命麻木？

有時回過神來，手上腳下會像剛剛那樣都是血跡。

是誰的血，不知道。

哈維恩就會像無數次做的那樣，叫我去旁邊玩沙，他則是在地上各種挖坑挖洞，把屍體一具具收進去——黑色種族被攻擊時可沒有那麼好的待遇，暴屍荒野基本都是種恩賜，這代表起碼有全屍。

或者是從……

我身邊的人、我的家人、我的朋友遭受無謂攻擊後，這個世界的太陽依然照樣升起，人照樣在那邊笑著時候開始。

這不是很荒謬嗎？

不管無辜的人怎樣死去，這世界好像什麼事都沒發生過似地，所有人都照樣過自己的生活，太陽依舊會下山，月亮依然會照耀天空，無私又偉大。

既然如此，那再多死幾個也沒差。

世界是公平的，死亡也是公平的。

我曾看著金髮少女原本冀希和平的目光逐漸黯淡，看過不怎麼熟的那些同班同學對我大吼為什麼要這樣做，也看過一天到晚只想吃飯糰的朋友擋在我身前，被他永遠學不熟練的術法貫穿身體。

所有的一切都是公平的。

他們死，他們死。

屠殺就合理了起來。

我笑了出來。

走在一邊的夜妖精回過頭。

「我這樣是不是……就是傳說裡那種砲灰小怪……哈哈哈哈……搞不好過陣子都可以

當魔王了……」我就是突然覺得很搞笑。

白色種族們追求的世界正義與公平性，換句話說不就是這樣嗎？沒有誰可以輕鬆等太陽上升，也沒有誰可以安心等月亮降下。殺人者，平等地皆被拔除生命。

然後輪迴。

這是我想要的嗎？

夜妖精望著我，我停下笑聲。

我們兩人的神情同樣痲木，簡直像照著鏡子。

「你只是想活下去。」

站在黑暗處，夜妖精輕輕地開口，像是嘆息，更多的是對於世界惡意的無奈。

最開始的時候，有誰不想活下去嗎？

白陵然的母親想要活下去。

被攻擊的老媽也想要活下去。
同為妖師身分被追殺的老姊想活下去。
莫名其妙擋在我身前的萊恩也想活下去。

然後他們一個一個，沒有了。

於是在某一次交手時，我看著嘗試想要將我帶去安全點藏起來的紅袍，慢慢勾起微笑對那少年說：「你們不是交託性命的夥伴嗎？」

怎麼他死了，你還在？

世界應該是公平的對吧。
一旁尖叫的少女，是他們最好的朋友——他們應該永遠在一起。
想要保護紅袍弟弟、曾偷偷給予替身術法的那人，同樣該永遠團聚。
就是紅袍要殺兩次，比較麻煩。

我在一次次殺戮中越來越強，藏於血脈裡的妖師力量就像被解開一條條鐵鍊的野獸，不斷增加我的力量與籌碼。

我吸取絕望、痛苦、鮮血、哀號，那些憎惡我、厭惡我者，都成爲我的力量。

彷彿黑色種族天生的使命，以血液沖刷世界。

爲了不斷殺掉擋在眼前的任何人，因應心語能力而造成的血脈解放速度幾乎超過當代妖師族長。

他有顧忌，我沒有。

沒有任何羈絆的人，才眞正可以放手一搏。

漸漸地，妖師一族再也無法束縛我，他們只能眼睜睜看著，並開始爲自己尋找下一個不被牽連的藏身地。

詛咒，詛咒。

然後是繼續詛咒。

所有擋在面前的人都必須被移除，無論用什麼方式，都不能再讓「他們」剝奪任何事物；即使把他們全毀了，也在所不惜。

最終「我」站在血海裡，身邊什麼都沒有。

✦✦✦

「哈維恩。」

我輕輕地開口，那端的夜妖精沉靜地看著表情帶著淡淡愉悅的我，顯然已經很習慣我會突然用這種語氣叫他，我沒在意他微皺起眉的表情，很淡地說：「從開始到現在，我攻擊過你幾次？」

按照目前想起的記憶，如果其他人已經不在了，我想在極度混亂之際，應該不可能會放過近在身邊的人。

畢竟狗抓狂的時候，先咬的也是主人。

哈維恩張了張嘴，大概有那麼一瞬間在猶豫是否要如實告知，然而最後他還是報出了一個聽起來不像假話的數字：「四次，扣除某次被白色種族引導的不可抗力，一共四次。」

不多，但也不少。

然而按照夜妖精平時跟隨或者照顧日常的距離，這四次恐怕都相當致命。

我心底浮現薄薄一層愧疚，但不多。

日漸缺乏的同理心已經讓我生不出來幾許愧疚。

「並沒有你想的那麼危險。」夜妖精可能是想寬慰我，難得認眞地多解釋幾句：「我有自信能夠接下所有襲擊，你並不需要因此有過多的想法，這也是我在你身邊的原因。」

他相當坦誠，並沒有說那些溫柔的謊言。

我原本增長的晦暗心思被打斷，後頭嘲諷的話被哽住說不出來，只能自討沒趣地閉上嘴巴。

隨之浮現的記憶是，我確實多次嘗試對夜妖精動手，然而時常無果，主要是夜妖精有個奇怪的動作，會讓我下意識收手。

按照那個動作軌跡，我仔細思考，認爲可以稱之爲「對後腦摁巴掌」。

……

……

不對吧！爲什麼這種動作會讓我遲疑並出現破綻？

即使是記憶錯亂的妖師，還是對此表示無限困惑。

甚至，我還隱隱感覺這動作其實不該是夜妖精，而是其他人更經常做出，夜妖精似乎只是模仿。

但……那是誰？

我努力思考，想不出來。

只能確定應該眞的有那個存在……吧。

我沒有繼續深思。

總之再怎麼想，我的記憶依然空缺一角，好像有誰從那裡被挖走，身影永遠缺席，而且越想失去得越多。

記憶逐漸混亂、更快遺忘。

通常經由夜妖精的引導，可以短暫想起一些事情，但唯有「這個人」無論如何都想不起來，即使夜妖精明確地告訴過我是「混血精靈」，我也知道這傢伙就是霜丘夜妖精搞事的福馬林對象，仍舊繼續將此人格式化，對名字有點記憶，但眞要說得上是誰、有哪些相處過的深刻印象，是一點皆無。

或許更之前會有。

或許是在無數次記憶混亂時被「封鎖」了。

但鎖他幹嘛呢？

無解。

忘卻的速度遠比記得的更快。

然而又開始隱約的違和感，來自於使用謎之巴掌的夜妖精，也來自那不明的「半精靈」。

「……不然就去把他殺了吧？」

思來想去沒有解答，最終我認眞做了決定。既然是敵方，又顯然是個阻礙，不如先下手爲強。

當標本那個就只能遭殃。

把想法告訴哈維恩後，夜妖精宛若死水的臉上罕見出現了複雜的情緒，大概就等於「眞的要這麼做嗎」、「會死的可能是你」、「人生苦短不要變更短」。

雖然不理解夜妖精的反應，但身爲記憶少很多的妖師，我決定尊重他，畢竟我還得靠他。

「那個半精靈現在在哪裡啊？」既然要殺，那麼先摸清楚位置比較好吧。我雖然會腦殘，但夜妖精肯定知道，即使忘再多次，問他通常可以解決一切。

「……你確定要去嗎？」夜妖精似乎對這個問題不怎麼意外，只是用很認命的語氣確認。大概是我之前也提過類似的事，所以他就算覺得「我又來了」，仍舊無奈地反覆確認。

「嗯。」我點點頭。

有麻煩，就幹掉他，除掉可能的隱患。

「好吧。」哈維恩沒有猶疑太久，確認我「又一次」想搞事之後，點點頭，表示他先去準備傳送陣。

我看著夜妖精離開的背影，莫名感覺哪邊有些滄桑。

……難道我之前跑去都沒什麼好下場嗎？

莫名地，我覺得應該不是那樣。

總感覺有「什麼」我必須去找出來，很大機率可以解決我一直感覺到的奇異違和感。

哈維恩並沒有讓我等太久，或者說他其實只是把本來就有的東西重新打開一次。總之布置的傳送陣上面的能量很強，符文構成裡也滿是元素的高階應用，這表示我們要去的地方守護很多，要穿過的攔阻陣群極廣。

我盯著陣法，突然又想起一丁點記憶。

好像有過誰……

傳送陣法發亮時，我揮去未成形的記憶，一腳跨進陣法，很快地周圍景色扭曲變動，並有點震盪──術法對撞的跡象。

一邊的哈維恩面色不改，似乎不是第一次遇到這種狀況了，他還游刃有餘地向我解說：「之前闖進來時也是這樣子。」

好喔，錯亂的我是個慣犯。

傳送時間比正常傳送長了些，但最終好歹準確地落在我們設置的座標點。

過程雖不能說一帆風順，不過還算順利，等到陣法完全穩定之後，一眼就能看見不遠處的目標，簡直完美到像是排練好的，連個偏移或威脅都沒產生。

映入眼簾的，是一座龐大又繁複的精靈生命陣法。

核心主陣富含極強的生命元素與冰元素，以這兩者爲主，周邊鑲嵌與架構其他的輔助自然元素陣環，泛白霧的冰系符文像流水般閃爍著微光，牽引聯合其他術法陣，或正或逆交織旋轉，穩穩地運作並產生強大的修復動能。

可以看出製作這個大陣的人有多麼仔細與用心，就算是最細微的角落都刻畫得極爲完美，沒有一塊符文遭到浪費。

一切只為了庇護飄浮在中央的孱弱生命體。

被陣法光影環繞保護的身影面朝上，銀白到近乎透明的長髮輕輕擴散在空氣當中，雙眼緊閉，面容安詳，似乎在夢裡安穩漫遊，完全沒有察覺外圍侵入的危機。

大陣產生的修復光點圍繞著他，使這人像是沉浸在無重力的光雨裡，白色輕柔的衣袍布料像花瓣柔柔散開，整個畫面美好到幾近神聖唯美。

與此同時，我眼前似乎出現另幅畫面。

我曾見過類似這樣的場景。

不是現在這個模樣，也不是因為他在學院戰之後從來沒醒過，恍惚的記憶裡，他應該是醒過，並且在霜丘夜妖精們來襲時做了某些事情。

對，他醒過。

「他……」

我摀著額頭，感覺陣陣疼痛。

這個場景絕對不是出現在這裡，也不是這個時候，我記得、我記得……是在我從很遙遠的地方回來時……當那些獵殺隊追捕我們，卻仍然有人願意走過來……不問緣由，幫我撐下去，讓我站起來……是的，所有事情的發展應該都不一樣。

我不曾獨行。

我也沒有殺害過任何一位我認識的人。

即便我走得太遠，但在回過身時，總是有人接住我、拉住我，把我從地上扯起來繼續向前走。

我還沒有眞正與世界爲敵。

因爲我從未被放棄。

有那麼一個愚蠢的傢伙，就算把自己搞得幾乎身死，也會換走我、換走身邊其他人的傷，美其名是精靈的恢復力更強，然而他總是想幫其他人承擔更多，讓大家可以走得更遠。

他只是個半精靈。

混血讓他註定無法走上巔峰，但他正在繼續證明即便不是純血，也可以直逼巔峰。爲此，他走得比別人更快、更強大，卻回頭反哺其他走得太慢的人。

「學長……」

用力敲著痛到快要裂開的腦袋，我硬是擠出熟悉的稱呼。

接著猛地回過頭，並沒有看見應該站在我後側的哈維恩，夜妖精像是我幻想出來的投影存在，被眞相的光一映照後消失得無影無蹤，連氣息都毫無留存。

這世界是違和的、虛假的、不眞實的。

我按著頭，緩慢地邁開腳步往前走。黑色的霧氣從空氣裡滲出，從我身旁兩側延展出去，一縷縷撥開了擋在路徑上的術法陣。

我記得、我記得的是……

黑暗拉出的道路讓我走進大陣核心，我吃力地抬起頭，看著在空氣中飄浮的半精靈。

他依然在沉睡。

最後一塊核心術法被移開時，我伸出手，接住緩緩降下的半精靈，輕飄飄的軀體一點重量都沒有，完全不用耗費太多力氣。

我將「人」安放在草地上，幫他拉好衣物與髮絲，乾淨整齊得像尊完美人偶。不動彈、無反應，只有很輕很輕的呼吸——這個人偶不會醒。

做完一切後我才抬起頭。

極遠的地方有一道淡淡的黑影，那抹輪廓並不符合我記憶裡的任何人。

「這是幻境？夢境？你是誰？」

雖然我的記憶還沒完全恢復，但按照我在這裡的「發瘋」，以及得到的力量，我還是可以很輕易地判斷這道黑影是所有幻影的「主人」。

整個經歷，都不是我的遭遇，也不是我的故事。

但我可以感覺到，「這個人」身上有與我很相似的波動。並非經歷重疊的那種軌跡波動，而是更隱晦、更深層，卻又淡到難以被輕易察覺的那種波動。

他千不該萬不該用這影像來唬爛我，甚至讓我親眼看到。

因爲這個模擬出來的場景，讓我瞬間出戲了。

✦✦✦

「我是，妖師。」

黑影的模樣緩緩浮現，那張面孔赫然與白陵然有幾分相似。

但更蒼白、冷厲，還有種詭異的病態感。

我看著對方，有點迷惑。

他的穿著打扮更像守世界的人……或者說，像是守世界其他時代的人，整個人服飾配件有股濃濃的懷舊感。

長袍、古老刺繡，還有與現代不符的奇怪氣質、舉手投足的動作，再加上帶有奇異腔調的語言。

總之不是我平常會接觸的那類存在。

「所以這是你的經歷？」我微微皺眉，感到十足不適，殺戮後殘存的暴戾感上浮，想驅使黑色力量把這個人弄死，這才注意到黑暗不再被我所控。

更進一步說，被取消了。

進出過幾次夢境或類似領域的我很理解這是什麼狀況，大概就等同眞正的夢境主人接手了整個夢的發展，他阻斷了劇本衍生的各種「能力」，所以我連力量都無法使用，只能眼睜睜看著自稱妖師的男人慢慢走到我面前耀武揚威。

「你……認識的白色種族眞多……」

男人基本無視我的超不爽，逕自開始評語：「但……全都會成爲砍向你的刀……一個一個，沒有例外。白色種族將會獵殺你、殺害你身邊珍視的一切，無論是你的父母、家人、朋友，每個你見過、曾經換過誓約的，都會變成肢解你的詛咒。」

「然後總有一天我會像現在這樣發瘋、把衝過來的人都殺掉，開始放大招報復社會報復世界嗎？」我接下對方後面沒說完的話，不以爲然地冷冷笑了聲：「你殺我我殺你，循環各種被追殺……有沒有覺得很耳熟？對，是老梗，復仇系的主角通常都是走這種路線。到最後他們甚至會大開殺戒，把所有認識的人都屠一波，完結篇時孤寂地站在世界頂端，身旁沒有別人。」

我只是沒想到這個人竟然會用夢境結合我的現實，僞造這場荒唐的黑化劇。

他的目的其實不難猜，很可能就是藉此動搖我的心智，混亂我的記憶，在我逐漸深入並堅定不移地帶著恨意醒來後，搞不好就會變成另外一種東西，這種手法也不是沒遇過，包括我自己的黑色血脈都好幾次混亂我的心智。

老手法、老梗、老問題。

……好吧，雖然前面我有點入戲，但這始終不符合我的現實，所以我會連連在各種地方感覺到違和。

男人完全沒有預料到夢境影響開始對我減輕之後，我會一反先前毀天滅地、對全世界有深仇大恨的暗黑ＢＯＹ形象，直接跳躍成某種神經系的發言，他被我嘴槓得一怔，沒立刻反應過來。

「所以這干我屁事，到目前爲止我認識的人幾乎都活得好好的，熟的那票也沒有人打算殺我，你要洗別人腦也洗錯人。」我看向後方，飄浮的學長果然也不見了。嘖，有點可惜，就算不是眞的也可以吃點顏。「還有一群智障天天都想逆反白色種族，打算讓世界爆炸的迷惑行爲比我還多，你幹嘛不顯靈找他們復仇。」

整個空間安靜下來，只剩下我們兩個。

我腦子完全清醒過來。

去掉了那些被操控、植入的極怨恨與錯亂痛苦，我赫然感覺那個「我」與現在的我極其割裂，但也不是不可能發生。

假使哪天我身邊的人像這場「夢」一樣，死傷或者背叛，我十成十也會瘋。

說不定哪個平行世界有，但肯定不是這個世界的我。

畢竟我走的不是美強慘的復仇路。

況且每次在我瘋之前，都會有人來打擊我在抓狂路上的進度條，使進度條永遠爬不滿。

「我知道你很慘，你的經歷也很慘，但那不是我。」我微微瞇起眼，看著站在原地、冷冰冰盯著我的「同族」。「我知道你想說什麼……『白色種族不可信』。」

確實，一堆白色種族都不可信，我也遇到好多次了，還被追殺N次方。

但可惜，我身邊留下來的「白色種族」都是一群傻子。

即使他們知道與我交好總有一天會被牽連……應該說早就被牽連了，看看一個個都出過事，不是肉體創傷就是精神創傷，個別的還摔落神壇，從高冷變成濕熱。

但是他們還在。

他們一直都在。

像是某種詛咒般，怎樣都甩不掉，一眨眼就會又冒出來。

「既然你製作出這個夢境，強迫我走分歧點，那麼你必然看過一點我眞正發生過事情，你應該可以明白『他們與眾不同』。」我頓了頓，先刪掉腦袋一堆友人的黑歷史與馬賽克，挑了正經的畫面點點頭，繼續道：「不是因爲你自己淋雨，別人就要和你一起淋欸大哥。」

啊不對，這個可能要叫祖先。

不過是他強加設定給別人在先，還給我上演了一場都殺、殺光光的糟糕戲碼，於是我並沒有表現出特別敬重的態度，更在語氣裡多了點挑釁。

他眞該去學學魔神古戰場那位，又強又猛又凶悍，一個不爽當場就幹回去，而不是在這裡製造夢境靠杯。

「你，還是相信白色種族嗎？」

可能也被我不以爲然的態度搞得逐漸不爽，這個「祖先」皺起眉，四周湧起了黑色的霧氣，覆蓋掉方才的陣法場景，一層又一層的惡意往我的方向逼近，帶了脅迫與不滿，活像想清除什麼不肖子孫。「既然與白色種族爲伍，那就別再出去了。」

「哈？你有毒嗎？」這又是什麼腦抽筋的祖先？恁祖公知道你有病嗎？控夢誰不會。

我沉下思緒，釋出屬於我的恐怖力量反滲透夢境。

以前的我或許做不到，但開始接受妖師傳承的我，已經可以很妥善地利用很大一部分天生力量，畢竟我有位更有毒的傳承老師。

黑色的獅子緩慢在我身後凝結。

「你……古戰場傳承？」男人顯然吃驚。

「對喔，驚不驚喜，意不意外。」

我就知道我遇到的祖先比較大尾，這個野生的夢境祖先看起來是沒拿過某些傳承的倒楣鬼。

「誰教你不早兩年來陰我。」

✦✦✦

從夢裡逐漸恢復意識的同時，我也想起來爲何我會「作夢」。

我在路邊等哈維恩去隱藏黑市準備戰略物資時，突然看到附近有家招牌只有一個「無」字、莫名其妙很吸引我的小店。

我總覺得好像在哪裡見過這家店。

於是我順著自己的感覺走進去了，一旁西穆德想阻止我，他可能感到有點異樣，表現出不希望我進去的態度，但被我說服在外面乖乖等候。

一踏進這家店，詭異的熟悉感迎面而來。那不是知道或認識這家店的熟悉感，而是店內瀰漫一種讓人感覺懷念又說不清的氣息，有點類似小時候在哪裡聞過的氣味，或是每天經過校舍某處，那種不經意就會瞥到的怪異熟悉。

接著，我聽見「聲音」。

循聲找去，發現一個空蕩蕩的木架子上孤單單擺著一尊石刻塑像，約莫十五公分高，人形的輪廓，臉部被暴力削除，呈現粗糙不平的石面，連背後也有同樣的刮除痕跡。那裡或許曾刻著某人的名字、生平記錄，卻和臉一樣被永遠從這世界上消除。

即便五官全無，整個石像依舊透露出一種怪異的氛圍，頭部微微低垂、雙手放在腹部前，手腕與手臂處有一點其他的痕跡，可能原本上面還有刻什麼，或是有點什麼，因年代久遠而消失了。

莫名地，我有種「消失的搞不好是封印」的感覺。

封印了什麼，不知道。

接著等我恢復意識時，我已把錢放在櫃台上，被某種奇怪的力量推著走出店家，手上捧著那尊謎之石刻。

我呆滯地往前走，西穆德迎上來，那瞬間我彷彿大夢初醒，猛一回頭就看見奇怪的小店已經消失不見，似乎從來沒出現過。

當然我沒有把這種莫名其妙的東西直接帶回住處，而是和西穆德找個安全處布好結界，確認這玩意不會當場爆炸後，才聯絡哈維恩和學長會合，讓他們看看這到底是什麼鬼東西。

先抵達的哈維恩剛說完這可能是犯了什麼罪惡被「消除」的過往，不知道這說詞是刺激到石像的哪個點，我當場眼睛一閉，直達夢境，接著就是開頭一連串無縫接軌的暗黑系抓狂妖師的誕生。

「你還好嗎？」

眞．夜妖精．哈維恩就在我身邊，看上去很健康，精神也很好，沒有那種全族被滅大半的悲苦滄桑。眼前的他一臉憂心地看著我，可能在我失去意識這段時間已經做了多次喚醒手段，但都沒有用。

我懷疑我再沒反應他可能要採取物理手段。

「應該是還好。」我眼也不眨地直接把塑像的脖子喀嚓一聲扭斷，斷裂處飄出一小抹黑色霧氣，這玩意衝向我的時候被我直接彈開，然後在夜妖精與血靈的聯手圍捕下，很遺憾似地開始消散。「只是感覺到物種的多樣化，我們很衰、也沒有那麼衰，但某些人有時候衰是有原因的。」

並不是所有的白色種族都好人，黑色種族同樣不全然都壞人，反之亦同。

今代的妖師很幸運地「算好人」。

然而誰能保證每一代的妖師都是「好人」。

我看著無頭塑像，有些無言。

那存在老早就死了，藏在石刻裡、僅剩一點點殘片力量的破碎魂靈當然贏不了我。

因此在夢境裡把「臨時祖先」瓦解之後，我也順利取得他殘破又混亂的記憶。

再綜合一下我被設定的角色，遭歷史淹沒的某段故事自然浮出——

千多年前，妖師一族已藏身於歷史之後。

但總有人不甘心，不願淪爲整個世界的背景、無法被光明承認的陰影，所以重返白色種族的族群之中，冀望能再次被接受，成爲大族群的一員。

一開始，他極爲順利，擁有了在陽光底下的眞正生活，也結識到許多至交好友，天眞地認爲種族隔閡可以靠友情無敵而消弭一切。

他的世界，從第一個好友知道他眞正的種族身分後發生巨變。

不得不說他其實眞的很倒楣，降生在最壞的時間點。

如果換一個時間、換一個年代，讓他有機會降生到現代的話，說不定他會非常受歡迎——畢竟這位野生祖先原本是個極爲開朗的E人：從反殺他的那堆朋友數目可以推測出來，這傢伙超愛交朋友。

現代社會開放許多，歷經了千萬年，隨著各種戰爭逐漸過去，許多勢力不斷推進並修復歷史斷層，新一輩的孩子沒有過往時代那麼憎恨異族……我也是吃到這部分紅利的新一代。

是的，無法否認，我就是得益者，我在現代可以進學院，可以被其他人保護，還有學院能在危急時成爲保護傘。

可惜他就是活在更爲封閉的古代。

因爲遭到背刺，他在各白色種族的連環逼迫下不斷逃亡、被獵捕、輾轉求生，途中不是沒有人幫他，但一個個都被打爲邪惡同黨，輕則遭族群關押，重則在他的逃亡之路上喪命。

失去了許多重要的人後，他逐漸黑化，最後就類似我在夢裡看見的那樣，一個個至親離他而去，一個個友人選擇背棄。他終於承受不住了，意識變得恍惚後，開始把往日好友殺個精光，精神錯亂，人生爆炸。

理解、同情，但不代表認同。

不過說起來，其實凡斯也是類似這樣的經歷啊……

都是歷史的受害者。

✦
✦
✦

「你們沒事吧？」

我抬起頭，正好看見學長走過來。

那張美人臉微微皺眉，有一分憂慮與三分殘暴，看上去很焦躁，不過確實也在擔心。

喔對，就是這個感覺。

野生祖先讓我突兀到出戲的就是最後模擬學長的場景太假，我本來就隱約發現不對勁，結果他擷取的那幅畫面讓我直接一秒破關。

「擺拍」的學長太唯美，唯美到我都有點不忍拆穿，雖然他確實這樣躺過啦。

「喔，我只是在思考～」我把手上的塑像用力一掐，整尊碎成粉塵，而粉塵又被風一吹，什麼都沒剩下，像是某人眞的在不知不覺被歷史抹掉最後痕跡。

我帶著愉快的笑走向學長，這位在夢裡死都想不起來的「半精靈」。

現在仔細想想，野生祖先大概發現學長就是我的避難反射神經，通常他一出現，我都會豎起警戒，即使目前不容易被打了，我還是養成了超快躲避反應。因爲如此，關於半精靈的記憶才被夢境封鎖，如果我最後沒有要求去宰學長，說不定還會繼續演下去。

看著學長，我笑笑地把後面那句說完。

「如果我哪天變成一個誰都認不出來、毀天滅地的大魔王怎麼辦？」

學長看了我一眼。

「脖子洗乾淨等死。」

嗯，本人無誤。

「說什麼奇奇怪怪的廢話。」

學長微皺眉，看向哈維恩，後者對他搖搖頭，表示也不理解我發生什麼。

我並不打算把夢裡的事情告訴他們。

實際上在我掙脫野生祖先的控制後，那些殺人的感覺、麻木與失去至親等諸如此類的痛苦，大概因爲都是假造的，像潮水退去般，褪色很多，再也無法影響我的任何思緒與行動。

它們變得就只是個「夢境」，早就在歷史裡被沖刷忘卻的「過去」。

即便在夢裡我有多麻痺或疼痛，清醒後全都像是迷霧散去，只剩下影影綽綽的輪廓與線條，證明有個不甘心死亡的「妖師」曾留下一點殘念，試圖讓其他妖師幫他復仇。

當然，不合理，不受理。

可能未來在哪個時間點或平行時空，我有機率變成那模樣。

然而現在的我不會。

只要其他人在，我就不會。

我看著掌心，那裡再也不存在其他人的噩夢與遺憾，只有「現在」，現在的我與我們都仍然行走在世界當中，還未被捨棄。

學長突然笑了聲：「笨蛋。」

「……啊？」這個半精靈在說什麼呢，信不信真的哪天把你宰了喂！

哈維恩與西穆德重新回到他們習慣的位置，一個就在我身側幾步距離，另一個則是重新藏入影子當中，一如往常，不曾改變。

話說回來，那個夢裡爲什麼沒有西穆德呢？

難道是因爲哈維恩的怨念嚴重到讓我刻骨銘心，直接夢裡反射生成，沒把人踹了落跑嗎……我是真的覺得哪天到那種地步，我肯定踹掉他。

走出隱藏點，下午陽光正好，晴朗的天空與湛藍的色澤，明亮的色彩切開了殘餘的那絲陰暗。

不遠處，喵喵等人正在朝我們揮手。

那群朋友背著光，嘻嘻哈哈地一大群往我這邊過來，七嘴八舌的有點吵鬧。

似乎還可以聽見他們在說發現了什麼很好吃的東西，人該玩就玩該炸就炸，不能一直跑路不好好休息。

美少女甚至還用那張天使般的面孔說出殘酷的話：我們可以吃飽再去搞破壞。

閃閃發光的白色種族們像是午後幻夢，也像是野生祖先從未作過的夢，一個個的，露出各自的笑容。

「你們～快來喔！」

「我們找到好玩的地方，快過來！」

〈特殊傳說．異時夢〉完

賀=護玄～
出道
20週年
years
2025.4.5

案簿錄✤今時夢

上篇

或許，是夢呢？

虞因站在樂園門口。

偌大的樂園人來人往，裝飾瑰麗的金屬大門與驗票閘口後，是一座遠遠就能看得出極爲熱鬧的園區，陣陣歡笑聲與尖叫聲此起彼落、交錯起伏，層層疊疊地不斷傳來，應該非常快樂的音浪裡，不知爲何有絲說不出的飄忽與不定。

他看著通道內，樂園吉祥物抓著一大串花花綠綠的樂園氣球，一個個發送給經過的孩子，氣球在陽光下被映出流光與鮮艷色澤，繽紛和諧。

有段距離的樂園內，除了散發隱隱的攤車零食香氣外，正在播放充滿童趣、令人愉快的音樂，曲調活潑、容易上口，是聽一次就能跟著哼出來的簡單節奏。

所有一切看起來都很正常，如同每個假日會見到的溫馨、快樂畫面。

然而這就是最不正常之處。

首先，他，虞因，才十歲。

雖然他也對這個小小的外殼軀體有點異樣的疏離感與說不出的奇怪感覺，但這個身體確實是他自己的，連小時候耍智障留下的小疤痕都在，手腕上甚至掛著父親們幫他求回來的木料佛珠。

不像作假，這身體給他「本人所有」的真實感。

好的，他才十歲，卻獨自一人站在這個完全陌生的遊樂園入口，手上還拿著一張不知哪來的樂園門票，底圖是很多大大小小的動物圖案，樣式異常不熟，與記憶中家人、學校去過的樂園沒有一個相符。

滿頭問號的同時他快速先確認周遭，沒有大爸、沒有二爸，也沒有爺爺奶奶，或老師同學。

不是家庭旅遊，也不是學校踏青。

那麼他一個小孩是怎麼站在這個沒看過的遊樂園前面？

左顧右盼依舊沒見到家人，以及任何一張認識的面孔，他開始深深懷疑難道又在路上遇到哪位姊姊阿姨哥哥叔叔，跟著走一段之後……又走到什麼奇怪地方嗎？

下意識摸摸屁股。

上次跟著走出去之後……呃，回去好像捱打？

等等，那是多久之前的事？

他怎麼覺得好像已經很久沒被這麼揍過了？

啊，也不是沒被揍，是換了位置揍。

虞因呆滯地望著樂園大門半天，深深思考「我現在到底怎麼被揍」之後未果，無奈回神。

所以現在？

他在一大堆問號中發現身上沒有任何可通訊的東西，只有一張門票，還有兩顆糖，連個背包、水壺或硬幣都沒有。

越來越感覺自己是被「運送」過來的了。

這眞的很像在家門口走幾步之後，出現在隔壁縣市的症狀。

正當虞因打算當個乖孩子，老實地去找服務處借電話召換家人時，身後突然碰到某個巨大、毛茸茸的物體，他一驚猛然往前跳開，回頭只見一隻大大黃色的吉祥物狗正站在他身後。

這隻腦袋有點過大的布偶狗低頭俯瞰他，狗臉上掛著僵硬、固定不變的笑容，圓滾滾的眼睛死死盯著他看，套著手套的動物手掌與其他吉祥物一樣，捏著一串鮮艷的彩色氣球。

「小朋友，怎麼不進去呢？」布偶大狗腦袋下傳出有點失眞、聽不清男女的聲音。

「我想找服務處，我和爸爸走丟了。」虞因仰頭看著莫名覺得高大的吉祥物，或許是因爲他矮，他總感到這吉祥物給他一股過高的壓迫感。

「服務處……在裡面喔。」大狗慢慢抬起手，毛毛的狗爪套指向入口處，「從這裡進去，然後右轉，綠色的建築物就是了。你要氣球嗎？」

「先不要。」虞因連忙搖頭，雖然只是吉祥物，但他直覺感到有種不安，那是源於遇過奇奇怪怪事物給的某種感覺，因此更不想拿任何東西了。

「噢……」大狗似乎有點失望地垂下手，確認對方拒絕之意眞的非常堅決，就不再對虞因有興趣，拖著有點怪異的步伐，慢呑呑地走向下一個小孩，並試圖給對方一顆氣球。

沿著對方行走的方向看去，虞因這才注意到門外居然還有另一個落單的孩子，比他小一點點，身形瘦小纖細，蒼白得像是隨時會在陽光下啪嘰倒地，眼睛顏色在陽光映射下看上去有些特殊……那是眞的會有的顏色嗎？好像有點紫？

站在那裡的小孩搖搖頭，並沒有接受大狗給的氣球，同樣堅定拒絕，完全不被免費的彩色氣球誘惑。

大狗又垂下腦袋，二度被拒似乎讓他覺得有點受到打擊，整隻狗彷彿上了一層陰影，拖著腳走掉了。

這次虞因看清楚了，大黃狗可能行走有點問題，或者眞的是個心靈死去的社畜，走路步伐連拖帶拉的，致使看起來有點不方便活動的模樣。

「……」大人眞辛苦。

一樣落單的小孩手上也有張門票，但沒有像虞因剛剛那樣張望著尋找家人，而是直接果決地拿著門票往入口通道處走。

「欸等等，小朋……小朋友。」虞因莫名有種不妙感，連忙跟上去，見小孩已刷票過閘口，只好也跟著進去。

反正服務處在裡面，無論如何都得走一趟。

踏進樂園的瞬間，天色突然不再像剛剛在外面時那麼晴朗，有點陰暗，似乎瞬間飄來了很大一片烏雲籠罩整座遊樂園，有種快要降雨的前兆，連空氣都感覺得到濕沉、悶重。

幸好那個小孩走得很慢，虞因沒幾步就追上對方，三兩下快步繞到小孩面前，對方也相應停下腳步，他在那雙有著神祕瞳色眼睛的注視下抓抓腦袋，有些不好意思地開口：「你家長呢？」

男孩盯著他半晌，似乎想講什麼，但沒有出聲，微頓了下搖搖頭，然後指向服務處。

不知爲何，虞因總覺得好像可以猜到對方想表達什麼，反射性點頭，「喔對，我也要去服務處，我家人也不在這裡，一起去吧。」他下意識拉住男孩的手腕，動作相當自然，後知後覺才想到要自我介紹：「我叫虞因，不是壞人，不用害怕……」

男孩又搖搖頭，表達自己沒有什麼疑慮。

「喔好吧，你不擔心也不害怕。」虞因莫名其妙又懂了對方的意思，他想想，歸因於自己是個聰明的小孩，於是牽著比他更小的小孩，很有責任心地一起往服務處走。「你餓不餓？我身上是沒錢啦，你先吃糖果？」

說著，他把兩顆糖果都給慢吞吞跟著他走的小孩。

接過糖果，男孩乖巧地點了頭，做了道謝的口形，但並沒有立刻吃掉，而是小心地收進口袋。

虞因突然意識到對方應該是出不了聲，他直覺那不是聾啞，只是很單純發不出聲音，或者不想說話之類。

沒頭緒，想太多會長腦子，乾脆就不深思了，反正佛系說話，時間到就會開口。

他們一起繼續往綠色建築而去。

但說也奇怪，綠色建築看起來明明很近，照理說走一小段就可以到達，然而實際上卻很遠，他們倆至少走了快十分鐘，綠色建築卻依舊與他們遙遙相對。

男孩突然抬手阻止虞因繼續往前走。

他們明明是對著綠色建築物的方向直走，這條路是直路，完全沒有拐彎，但他們現在的位置卻開始偏移向側邊的旋轉木馬附近。

帶著歡樂音效的馬匹與馬車持續機械式地上升下降、繞圈，每匹「馬」上都坐著一個小孩，而圍欄外站著許多父母正在對孩子們高舉相機拍照，無論大人小孩都在朝對方揮手，確認彼此存在。

虞因注意到男孩目不轉睛地盯著那些小孩與父母看，他扭過頭，瞬間腦殼發麻。

「別、別看了，快走。」拉著男孩的手腕，他一頭冷汗地急速往反方向離開。

他不確定男孩是不是在羨慕有大人陪的小孩或是其他東西，但在他眼裡，那一大群成人小孩裡有好幾個「面目不清」。真的看不出有臉的那種，臉上五官糊成一團，與他往常看過的阿飄們相比，模樣有種說不出的詭異差距。

幸好男孩也沒有抗拒，就這樣乖乖被他拉著走，甚至跟著開始小跑起來。

跑出超遠一段路，虞因確定看不見旋轉木馬，也看不見那些怪臉大人小孩後才鬆了口氣，停下腳步。「啊，剛剛……」

男孩抬起手，表示不用現在解釋，而是環顧四周，了解狀況。

他們這樣一路跑著跑著，不說旋轉木馬，連綠色建築都看不見了，顯然在不知不覺中被牽引到另外一條路上，明明虞因是朝著綠色建築的方向跑——現在已經很明顯可以看出遊樂園不對勁，並且這種不對很可能不是正常人可以理解的那種「不對」。

沒仔細聽旁邊虞因的大驚小怪，男孩很沉著地默默思考著進樂園後各種奇怪的怪異處。

「對了，我還不知道你的名字呢。」

站在一邊的虞因打斷對方的思考，露出爽朗的大大笑容。「剛剛介紹過了，我叫虞因喔，你可以叫我虞因哥哥或哥。」

「……」男孩面無表情地看著對方，然後發出氣音。

「……喂，你剛剛是不是『嘖』了。」虞因感覺受到小朋友的鄙視。

「嘖。」

男孩這次眞的把聲音發出來了。

✦✦✦

少荻聿看著旁邊還在碎碎唸的男孩，可能是小四、小五左右吧。

就很囉唆。

而且腦袋好像不是很好的樣子。

從還沒進樂園開始，他就感覺到極度異常與不對勁。

首先是自己軀體帶來的違和感非常重，再來是他的思考模式絕對不是國小學生或八歲孩童該有的冷靜、條理分明。

即使眼下他似乎喪失某些記憶、也認同這身體是原裝的沒錯，但小孩與成年人的思考邏輯差距騙不了人，尤其是他還很擅長分析某些事物……他甚至可以有絕對把握確認旁邊這個囉嗦鬼應該是自己認識的人。

還是非常熟悉的那種人。

雖然有些無法理解爲什麼會有這類話很多的朋友，但自己沒有排斥對方的互動與靠近、觸碰，連最起碼的警戒都沒有；光憑這點，這個男孩很可能是他生活周遭極熟稔的存在，更可能與他一樣都是被裝進孩童軀殼的大人。

……大概吧。

「你還沒有吃糖果嗎？你不餓嗎？」碎碎唸的男孩正在勸他快點吃糖保健康。

從剛剛開始，少荻聿就意識到自己發不出聲音，雖然想說點什麼，但聲音哽在喉嚨裡，莫名無法吐出。

那個「嘖」是例外。

不知道爲什麼對虞因出現的特有反應。

思考了片刻，他覺得肯定是這個人以前也幹過這種事，必定很經常，長期累積下來才會讓他誠心實意地嘖出聲音。

先把沒建樹又話很多的男孩擱置在旁，少荻聿重新思考起遊樂園的不對勁之處。

打從一開始，手中的那張門票沒有地址、沒有入園可刷的各種碼，甚至沒有樂園名稱——

票上只印了「遊樂園」這個詞。

乍看之下更像是廣告券一類的物品，他原本也是在那隻奇怪的吉祥物指引下想說稍微試試，沒想到真的過閘門進入遊樂園，或者可說算是在意料之中。

那麼爲什麼想要讓他們進來？還刻意讓吉祥物到外面引導他們進入？

正在一一檢索腦內線索時，少荻聿眼前突然出現紙張與筆。

「噹噹，這個給你。」虞因把紙筆遞給對方，露出大大的笑容順口解釋：「和路過的大姊姊買的。」

少荻聿微皺了眉，不知道空手的小孩是怎麼「買」來紙筆。

「你不懂了吧，這叫賣萌。」虞因非常不要臉地說：「大姊姊說笑一個就給我，你要不要也去賣一個。」

「……」不知爲何，少荻聿只覺一陣手癢，很本能的某種奇怪反應，想往對方耳朵揪下去那種。

這孩子是欠打吧？

眞想看看他家大人是怎麼養的才可以養成這種神經大條的模樣。

不過既然有紙筆，他還是把一些奇怪的問題點寫給對方看，然後給予結論——這裡極大機率不是現實。

「對欸，被你一說，確實好像少了某些記憶。」虞因一個擊掌，恍然大悟：「難怪我覺得缺了什麼，又很多地方怪怪的，原來我失憶了啊！」

「……」少荻聿有瞬間的無言。

失憶這種事情，不是早應該在莫名其妙出現在遊樂園前就該發現了嗎！

雖然感到很點點點，但他並沒有在珍貴的紙張上寫出吐槽或質疑對方消失的應該是腦子，因此錯過了另一種非失憶的換位瞬移答案。

「啊，既然不是現實，那我們要怎麼回到現實？」雖然沒自己是成人的那部分記憶，但虞因詭異地感覺好像刷過很多次這種非現實幻境關卡。

只是這次似乎過度真實了一點。

虞因剛說完，就看見男孩很無語地看著他……好喔，大家都不知道，大家都小孩。「好吧，那先按照你提出的怪異點找看看……」

話還沒說完，他突然被往前一拉，男孩拽著他退開好幾步，回頭赫然看見他剛剛站的位置不知道什麼時候又出現一隻拿著氣球的無尾熊吉祥物。

他們完全沒有聽見對方靠近的聲音，這隻吉祥物好像是平空出現，不聲不響就貼在他們後方。

摸到人家身後的無尾熊低頭看著他們，一點都沒有嚇到小孩的自覺，熊偶腦袋固定著不變的笑容，從那裡面緩緩傳出低沉的聲音：「你們，要氣球嗎？」

虞因下意識抬起頭，那串氣球一共七顆，各種顏色都有，每顆上面印著一張模糊奇怪的臉……不對，不是印著，而是有張模糊的臉從氣球內部向外擠，擠出一個個不同的輪廓，有哭有笑、有悲有怒，看起來極爲猙獰。

順著牽引氣球的線，氣球慢慢滴出血液。

不知道爲什麼，虞因總覺得有些人臉的輪廓莫名眼熟。

這時，無尾熊又開口：「你們，要氣球嗎？」

二話不說，虞因抓著少荻聿的手腕拔腿就跑。

無尾熊並沒有追上小孩們，而是站在原地，像是喃喃自語地繼續說道：「你們，能夠找到嗎？」

✦✦✦

「靠靠靠！這裡絕對不是現實！」

虞因抓著人馬力全開地暴衝出好遠一段距離，確認無尾熊沒追過來才氣喘吁吁地找了個陰涼處停下腳步，按著心跳猛烈的胸口，有點餘悸地說：「那顆氣球上面的人我好像看過！」

雖然不記得是誰，但對方應該已經掛掉了喂！

少荻聿站在一邊慢慢平緩呼吸，跟著點點頭。他也對氣球上的輪廓很熟，並直覺「那些人」早就死了才對。

兩人面面相覷。

「……我們長大之後應該不是什麼連環殺人凶手吧。」虞因吞了吞口水，戰戰兢兢地說道。萬一長大真的走鐘，那他是不是沒有活過二十歲？被二爸一槍斃掉，掛了之後才出現在這種地方？

其實這裡是新時代地府？

要不然怎麼會一眼就認出那些輪廓？

多到太密集了吧！

所以他們兩個一個主犯一個從犯嗎？

少荻聿完全不想回答這種垃圾猜測，並且無視對方。

「還是我們被捲入什麼大型死亡案？例如大眾運輸事故巴拉巴拉的。」虞因邊說邊左右觀望，確認沒再跑出一個拿氣球的吉祥物，也與其他遊樂設施有點距離，才短暫腦袋風暴了幾秒。「啊，該不會是這種走向，如果被大玩偶追上了，腦袋會被拔下來做成氣球？」

「或是我們會被強迫玩某些遊樂器材，然後裡面有各種殺機，沒逃出來就會身首異處？」

「也有可能是我們要收集隱藏在器材裡的壽命，達成十種任務後搞不好可以還陽……」

本來還不想管對方的，但聽到碎碎唸越來越離譜，少荻聿終於忍不住在紙張上撥了一角寫上：「萬一你想什麼就會出現什麼呢？」是很想增加他們離開的難度嗎？

「……對不起我不亂想了。」虞因摀住開始逐漸浮誇的腦袋。他也不知道爲什麼，可能是長大之後看太多小朋友無法理解的東西吧。

幸好沒有發生這種可怕的事情。

兩人就近找了座小涼亭，虞因趴在石桌上看著少荻聿寫的那張紙。

「我比較在意的是氣球欸。」虞因支著下頷，歪頭看向一樣倒楣的夥伴……不對，等等，眞的只有他們兩個嗎？這遊樂園裡會不會還有其他原本應該認識的人啊？總覺得自己好像交遊廣闊……吧？

看著空空蕩蕩的另外一邊，他莫名總有種「這裡偶爾也會有另外一個人」的奇異想法。欸等等，他長大之後該不會經常拖人下水吧？爲啥有種這類事很常態的感覺？

不知道對方又想歪到哪邊去，少荻聿點點頭，氣球出現的次數確實太多了，還有最後那些人臉輪廓，彷彿是刻意要讓他們看見，或是想提醒他們某些事？

「所以其實我們要拿個氣球……我靠！」虞因話都還沒說完，猛然看見涼亭入口不知什麼時候又站著一隻吉祥物，同樣無聲無息突然靠近，簡直是某種誘發心臟病模式的驚嚇；這次的吉祥物更詭異了，是個七孔流血的小丑，手上依舊拿著一串看似歡樂、實則詭異的氣球。他連忙把旁邊還在慢條斯理捲紙的孩子拽到身後。

小丑手上的氣球沒有人臉，但有一層很薄的深色液體在裡面晃動。

「你們，要氣球嗎？」

巨大的腦袋微微低下，與兩名小孩六目相對。

虞因吞了吞口水，不斷催眠自己年紀比較大要勇敢要保護年紀小的小朋友，戰戰兢兢地開口：「我們……要氣球……做什麼？」先不說真正的本體到底有沒有長大過，這畫面真的很不行啊！

就算長大也不行！

小丑並沒有回答詢問，下秒虞因的手裡直接被塞了一條彩帶，上面繫著顆明黃色的氣球。氣球倏地砰一聲爆開，許多蒲公英種子從裡面飛出，大量像棉絮的小東西隨著不知哪來的風，全都被吹往同一方向。

某種直覺要虞因跟著過去，他拉住男孩連忙繞過原地不動的小丑，追著蒲公英絮而去。

站在原處的小丑低垂著巨大的布偶頭，慢慢地傳出詭異又模糊的聲音：「……妳在哪裡……我想找妳……」

遠去的兩人沒有回頭，追向蒲公英。

數秒後，小丑重新抬起頭，帶著依然飄浮著的氣球慢慢離開涼亭。

✦✦✦

虞因牽著小男孩跑過花圃綠地。

蒲公英在他們面前散開，出現在眼前的是更多的綠色植物，以及掛著老舊木牌的入口。

「兒童迷宮？」虞因看著纏繞人工藤蔓的木牌，上面還卡著些許蒲公英的種子。抬頭想看入口處時，赫然看見面無表情的女性工作人員站在旁邊。

「小朋友請進，走出迷宮有獎勵喔。」女員工僵硬地開口唸著稿，聲音平板無波，像是條扁平直線。「爸爸媽媽也可以陪小朋友一起玩。」

「呃，我們可以進去嗎？」虞因擋在身邊的男孩前面，硬著頭皮問。

「小朋友請進，走出迷宮有獎勵喔。」女員工重複了剛剛的話，聲調、口氣完全沒變。

「爸爸媽媽也可以陪小朋友一起玩。」

虞因渾身雞皮疙瘩都起來了，一旁的少荻聿反手牽住他，直接走進迷宮入口。眼下狀況令人毫無頭緒，既然他們選擇接觸氣球，那麼也只能默許被氣球帶來的這個地方。

這種植物迷宮在各種樂園很常見，通過入口後看見的全都是綠植交纏疊高的牆，因為是配合兒童身高視線，綠色迷宮牆的高度大約在一百五、六十公分上下，對比較高的成人來說其實可以大致觀望到全景。

但眼下只是小孩的虞因兩人有種進入異世界的感覺，視野幾乎都被限制。

「我們要找出口嗎？」虞因下意識看向同伴，莫名有種對方很擅長找出口這種事情的信任感。

少荻聿點點頭，快速判斷周遭環境後指了個方向。

沒有任何懷疑，虞因牽著對方往那邊走，然後在轉角處被狠狠嚇了一大跳，「喔靠！」他們差點在轉角處撞上攔在路中央的吉祥物，灰色的貓型大布偶拿著一串氣球，低著頭看他們，陰影將兩人完全覆蓋。

這東西真的很能處處給人驚嚇。

今天如果換個成人身體給他，包准一拳過去。

吉祥物當然沒有打算就這麼放過他們，定定地看著他們三秒，詭異大布偶突然發出細如兒童的驚悚聲音：「媽媽呢？」

虞因沒回答。

像是失控的播音機，吉祥物又再次發出尖細的聲音：「媽媽呢？」語氣一模一樣，接著又重複詢問了幾次。

貼在植物牆上，拉著男孩、滿頭冷汗的虞因憋著氣息，小心謹愼地繞過跳針似的吉祥物，還好這些不怎麼吉祥的吉祥物雖然會發出聲音，但好像大多只原地站著，不會眞的撲上來，否則就更恐怖了——這個僥倖在進入下一個通道之後完全消失。

狹長的迷宮小徑裡，站了一排吉祥物。

根本是挑戰神經的畫面。

他們先前在迷宮外見過的差不多都站在這裡了，肩並肩，用龐大的身體與低氣壓堵住大部分通道，各色氣球在空中搖搖晃晃，顯得極其詭異。

虞因回頭看了一眼，果然已經看不見入口，來時路灰濛濛的就像人類的良心。他抓抓頭，只能邊擋著少荻聿，邊走在前頭開路，還要很小心不要碰到這些僵直站在原地的不吉祥物群，誰知道他們會不會暴起抓頭抓腳。

約莫走過第三隻時，他突然聽見細細的哭泣聲，盡頭處、最末端的那隻小丑腳邊隱隱約約有抹小小的影子蜷在角落，發出很傷心的哭泣。

「媽媽呢？」

原本在後面的少荻聿突然擦過虞因，猛地往那抹小影子跑過去。

差點大喊不要亂跑，脫口前虞因勉強想起他們還在吉祥物大軍裡，連忙把聲音吞回喉嚨，拔腿跟著衝過去。

還好縮在那裡的小小孩沒有不見。

幽暗的陰影下，抱著洋娃娃的女孩穿著一套紅色吊帶裙，綁著雙馬尾，比他們年紀更小，大約五、六歲左右，小小一團，淚眼矇矓地抬起頭，怔怔地看著突然出現的兩人，口齒不太清楚地囁嚅：「媽媽呢？媽媽呢？」

「呃、妳和媽媽走丟了嗎？」虞因剛問完，旁邊小丑突然動了一下，又把他嚇了一大跳，反射性攔在兩個小孩前方。

小丑詭異的流血臉低下與他相對，接著又是一顆氣球遞過來，或者應該說是遞給後面的小女孩，語氣有點怪異的溫柔：「給妳氣球，不要哭。」

「謝謝。」小女孩呆呆地抬起手，接住了紅色的氣球彩帶。

隨即所有吉祥物都動起來，像是沒有發生過剛剛的堵路事件，吉祥物們四散，開始遊走在植物迷宮裡，像一群正常迷宮偶爾會出現的ＮＰＣ，隨機發氣球給闖關的孩子們，熱絡得一點都不像幾秒前的陰森大軍。

「……」欸不是，所以工作人員不負責幫忙找媽媽的嗎？

虞因目瞪口呆，一旁小女孩又開始抽泣，他只好先安慰對方。「妳媽媽也進來迷宮了嗎？媽媽叫什麼呢？」

「媽媽進來了……媽媽叫媽媽……」小女孩抹著眼淚，巴巴地回答她僅知的答案。

「……那妳叫什麼？」頭大啊，這年頭小孩不是應該要先學會背家長姓名和家長電話嗎？

「小萱……」

好吧，確實是五歲小朋友會有的回答，同時也確認這位小朋友應該和他們不一樣，不是喪失記憶的假小孩，但連有效姓名都不知道就是。

虞因和旁邊安靜的少荻聿交換了一眼，莫名有種應該多問點話的默契。「那妳媽媽穿什麼顏色的衣服呢？」

小女孩抱緊洋娃娃，眼睛閃閃地回答：「仙子色。」

「……啊？」這還眞的是虞因的盲點，他色票看那麼多，一時之間眞沒有反應過來什麼是仙子色。

少荻聿連忙寫在紙張上。

「是天空的藍色嗎？」虞因趕緊看著那些字問道：「或者是和妳很像的紅色？還是和迷宮一樣的綠色？」

「是天氣很好的仙子色。」小萱認眞回答。

那就是藍色了。

虞因有點心情複雜地看著紙張上寫的「仙杜瑞拉仙子」，幸虧他還眞的接過類似的工作，對這三仙子顏色算有印象……所以他長大是接了什麼工作？爲什麼會有這種記憶？

難道是保母？

雖然想多問一點細節，但小萱一問三不知，大致上只知道她和媽媽來遊樂園玩，但是在進入迷宮之後，她一轉頭，媽媽就不見了，她怎麼找都找不到。

小萱身上沒有帶其他可以辨識身分的物品，口袋裡只有糖果與手帕。

檢查了女孩身上確實沒有其他東西，虞因暗暗皺眉，這非常像是有一段時期家長把小孩獨自丟在遊樂園的手法。

又或者是孩子被人誘拐了呢？因此才和母親分離？

虞因重新打量植物牆，難道這就是他們這次夢境裡要解決才能脫離詭異環境的事件？

「媽媽呢。」

小萱又開始哭泣了。

✦✦✦

巨大的黑影再次籠罩他們三人。

虞因感覺自己好像有點習慣了，無言抬頭，果然看見又是一個吉祥物站在他們面前，這次是黑熊模樣，手上同樣拿著五、六顆氣球，大黑熊微微彎腰。「小朋友，給妳氣球。」

小萱抽抽噎噎地又收了一顆。

「等等，這孩子和她媽媽走散了。」虞因一把拽住大黑熊的尾巴，制止吉祥物離開。

遭控的黑熊很慢很慢地側過身，腦袋有點吃力地轉動，看上去很像運作不良的器械。

「走散了……去出口服務處……」

「我們找不到服務處。」虞因試探性地問：「服務處要怎麼去？」

似乎突然意識到這個問題，黑熊這次卡頓很久，接著低頭，回答了一句很奇怪的話：

「去了就不能回來了……」

「不行，我要找媽媽！」小萱猛地大叫了一聲，撞開一邊的少荻聿，快速跑進迷宮深處。

「等等！」虞因連忙喊道，但小女孩壓根沒理他們，小小的腳步聲眨眼消失，非常堅決不去服務處。

黑熊似乎也凝視著小女孩消失的方向，接著無聲地轉回原本的方向，慢吞吞地走掉了。

虞因沒辦法，只好帶著旁邊的冒險夥伴往小萱跑掉的通道走。

所以這是怎樣？

該不會是那種很老梗的狀況，小女孩其實再也沒有回家，永遠地留在遊樂園裡面等待媽媽了嗎？

這麼一來，是他們要將小女孩送出迷宮？

或者是在整座遊樂園裡找到消失的母親？

但這又和那堆詭異的吉祥物有什麼關係呢？

殘影？

遺留物？

線索？

抓抓頭，感覺腦容量不夠。

虞因看著不遠處又出現吉祥物的背影，總覺得這玩意應該和小女孩被留在迷宮裡有點關係……還有他們都很在意的氣球。

那些氣球裡很明顯有某些見不得人的業障，可能還牽扯著不爲人知的案件，但目前看上去好像不會自動觸發。

啊，難道是那種「拿了氣球之後就會永遠留在這裡」的故事？

手腕突然一緊，本來稍微落後一步的少荻聿突然抓住他的手腕，而且力氣不小，小小的手指幾乎嵌進他的皮膚裡，傳來陣陣刺痛。

「怎麼了？」虞因疑惑地停下腳步。

少荻聿並沒有回答，而是死死盯著後面。

虞因跟著轉過頭，只看見通道盡頭站著一名少女，穿著簡單的洋裝背對著他們，裙襬處好像有點深色的血漬。

他感覺這道背影有點陌生，但顯然旁邊的小朋友認得，並且還因為這個背影出現了不同的情緒，仔細地說，應該是激動、懷念，以及一點點說不出來的感傷。

「這是……？」虞因有點遲疑。

少荻聿緩緩側過臉，給了虞因一個嘴形：姊姊。

虞因一時沒有反應過來，應該說他根本也不知道對方有什麼姊姊啊，但是他姊姊出現在這種地方就非常不對勁！可是旁邊的同伴好像一點都不懷疑他姊姊為什麼會出現在這裡……難道……

想到那個可能性，虞因連忙回望著對方，深怕他會做出什麼不安全的舉動。

不過少荻聿只是安靜凝望著那道背影，並沒有出現想要貿然靠近的姿態，這也讓虞因感覺自己的推測沒有錯，但他其實並不希望是這種答案，畢竟那道背影看起來太年輕了……

注意到兩個孩子似乎沒有過去的意思，少女的背影緩緩地動了，但只是選擇了旁邊的通道，就這麼默默地離開。

「你想跟過去嗎？」虞因很輕地問著對方，雖然不知道跟過去會發生什麼事，可是如果是親人，無論如何都會想要再見一面吧。

男孩小幅度地搖了搖頭，看著植物牆的眼睛內只有很冷靜的理智。

不知道爲什麼，虞因又懂了他的意思，這只是一種絕對的清醒，對方清楚追過去也改變不了什麼，因爲這裡不是現實，即便再怎麼想要尋覓，那也都只是歷史了。

道理人人都懂，但遇到時，能這麼冷靜的恐怕沒有幾個。

少荻聿收回目光不再多看，重新把注意力集中到跑掉小女孩前往的方向，然後拍了拍虞因的手臂。

快解決掉這件事情，離開吧。

虞因在沉默裡，好像聽到對方這麼想著。

然而想歸想，現實總是有一點事與願違。

因為在下一個轉角處，換成虞因驚愕了——他看見新的通道的盡頭，出現了像是他媽媽的女性背影，就連那一身裙裝都很像他舊時回憶裡那溫柔婉約的模樣。

他的手有一點發抖，他做不到絕對理智，整個眼眶開始發酸、灼熱，很想很想衝過去抱著對方的腰，像小時候那樣子撒嬌。

身邊的男孩拉住他的手臂，他感覺自己的理智和情感正在不斷地拉扯。想過去、不能過去，想要看一眼、不能被引誘。

換成自己之後，才知道要拒絕那抹輪廓有多難。

畢竟同時出現的還有各式各樣、被塵封起來的美好記憶，過去的各種色彩瞬間鮮活了起來，讓人難以推開一切。

少荻聿理解夥伴的猶豫，他抬手指了指那道背影，意思是詢問「不然我們過去看看嗎？」

「……不，我們……」虞因有點說不出話來，他想講的話違背了他的心，雖然說他在現實的本體很可能是大人，但現在他的情緒卻更像個小孩，想要哭也想要鬧，更想不顧一切地放棄他的理智，只要奔向他最想念的人身邊就好。

他很想知道……

很想知道……

在那邊的人，現在是否還好？

就在情況逐漸變得有點兩難之際，那女性慢慢地動了，似乎察覺到那些難以抉擇，因此並沒有朝兩個小孩走過來，而是走向旁側的綠色通道當中，同時傳來的是極為溫柔的聲音，正在唱著哄小孩入睡的童謠。

「我希望你可以健康……平安……不受任何誘惑與困擾……你只要是個健康快樂的孩子就可以了……這是我們最大的願望……」

虞因頓住了腳步。

他剛剛沒有做的選擇，幻影幫他做了。

沒有描述自己有無在另個世界遭到委屈，或是其他念想，而是給予了像是小時候經常聽的那些……祈願。

所以對方不讓他在這種選擇上為難。

他可以理解，「她」也可以理解。

直到女性的背影消失之後，他才很困難地收回視線，眼睛有點發紅地低垂腦袋，「我們走吧，我媽會希望我們平安出去的。」

少荻聿踮起腳，拍拍對方的腦袋，輕輕地發出個聲響。

「嗯。」

✦✦✦

重新回到迷宮的正軌後，他們又開始聽到若隱若現的細細哭聲：「媽媽在哪裡？」

那些蜿蜒的植物牆裡再次出現了吉祥物走動的身形，可以從上方沒被遮蔽視線的部分，隱約看見彩色的氣球時不時飄動著，不知道到底是安全的提示、還是危險的誘惑。

但對他們來說，其實更想避開那些奇奇怪怪的吉祥物，而且過了一會兒之後，虞因兩人不約而同地發現出現氣球的位置似乎變多了，這也就表示吉祥物變得更多了，這並不是什麼好徵兆。

那批吉祥物怎麼看都不像歡樂版、可以把孩子們逗笑的類型，甚至更可能突然掏出菜刀追著小孩跑。

「該不會是那種會越來越多的關卡吧？」虞因苦中作樂地說。他都開始懷疑該不會到了某個時間點，吉祥物就會開始變成獵殺版吉祥物，然後把看到的遊客都喀嚓一波。

少荻聿再度給對方一記白眼。

就在他們兩個想盡力避開這些吉祥物時，迷宮深處傳來了奇怪的兒童音樂，仔細分辨好像是在唱著類似〈虎姑婆〉的歌。

這是提示嗎？

正懷疑之際，他們再度看見了成人的身影，但這次兩人都不認識這道背影，看起來是個女性，正在跌跌撞撞地走向下一個通道。她像是受了傷，動作不穩，一邊走著還一邊喃喃自語：「這是哪裡……我在哪裡……小萱呢……小萱在哪裡……」

她似乎沒有看見兩人似地不斷焦躁重複唸著這些話，渾渾噩噩地沿著路往深處走了。

兩人對看一眼，快速跟上女人轉入的那條通道，然而一個拐彎，差點狠狠地撞上站在那邊的吉祥物。

虞因僵硬地抬頭，大概是業障吧，又是那個滿臉是血的小丑，低頭正在用那張令人很不舒服的臉望著他，手套捏著的那些氣球換了一輪，顏色變得更多更鮮艷了。

「我們不要氣球掰掰。」

連忙拽著小夥伴，趕快繞開小丑逃離。

不得不說，他現在希望長大後他身高至少要高一點——來自於被一堆小矮牆擋住視線的怨念。

小丑這次依舊沒有跟上，而是站在原地看著他們跑進下一條通道裡。

甩掉流血小丑，約莫又走了兩、三條通道後，虞因兩人發現周邊開始出現一些像是碎碎唸似的聊天，不知道是不是樂園的員工，因爲聽起來很像是樂園工作的抱怨內容，諸如一些打工嫌薪水太少的、天氣太熱客人太煩的，或者是垃圾太多很難清理，還有一些小孩發起瘋來簡直難以應對云云……

這就有點奇怪了，工作人員怎麼會在迷宮的遊樂區抱怨呢？

豎起耳朵認眞地聽，確實眞的在抱怨。

隔著一面植物牆的另外一端傳來了兩個人的說話聲。

「所以有找到嗎？那個失蹤的遊客？」

「沒有呢……」

「唉唷，最近的事情眞多，要不然我們跳槽到其他新樂園好了，這個樂園實在太舊了，錢少又麻煩，還要幫忙整理很多東西……」

「再說吧，畢竟眞的忙起來時還是請了很多人來幫忙，我聽說有的新樂園都直接操基本員工，沒有外面傳的那麼好。」

「嗯……再看看吧，反正願意吃苦就不怕沒有工作。」

兩人的聲音越來越遠，可能只是不經意在這聊天而已。

虞因牽著男孩快步繞到了可能是員工聊天的那一邊，原本是想說看看有沒有其他人類，可以請對方帶他們去服務處之類，結果看見了空曠無人的通道，感覺一點都不意外呢……

正無言之際，牆面另外一邊又傳來聊天聲了。

「說起來那個小孩怎麼辦呢？」

「那也沒辦法，不是我們該擔心的事情了。」

「嗯……他們家的大人到底是怎麼回事？」

「誰知道呢，每家的狀況都不一樣嘛。」

聲音再度遠去，兩人面面相覷。

這次可以確定應該眞的是樂園的員工了，聽起來就很像是在聊閒事啊，一般帶小朋友的家長不會這樣子講話的。

虞因咳了一聲，說道：「我看我們的任務應該眞的就是要帶那個小朋友回家。」

少荻聿沒有點頭，也沒有搖頭，只是一臉沉思，似乎對於遊樂園的狀況還在釐清，沒有立刻下定論。

正當兩人各有所思，想著要如何繼續進行下一步，是直接去找服務處呢，或者依舊追著小萱往遊樂園深處尋找線索呢？

這兩條線看似都可行，只是不知道如果眞的「選錯」，那麼選錯會發生什麼事？

虞因悄悄瞄了眼旁邊的男孩，用不太靈光的腦子思考有沒有讓對方比較安全的方法，例如讓自己先去試錯之類的。但不知道爲什麼，這個念頭一起，他就有種眞這麼幹，後面會發生的事情可能遠比試錯可怕。

他不由自主打了個冷顫。

就在這時候附近傳來了一些跑步的聲音，方向很統一，按照位置來看，很可能是往出口的方向跑。

虞因當機立斷拉著同伴跟著跑，一邊跑還一邊聽到一些喧譁或碎碎唸的聲音，大意是小心不要嚇到那個小孩子、很可憐。

跑了幾步之後少荻聿往前帶路，他循著植物牆及地面的一些鋪陳規律兜兜轉轉，很快地前方出現了幾個同樣正在跑步的吉祥物，那些碎碎唸就是從吉祥物身上發出來的，這時聽起來就很像正常人在講話的聲音，沒有剛剛那麼詭異。

然而兩人也發現，這些吉祥物的模樣他們先前沒見過，整體看起來很沉重，而且莫名地很真實，和現代那種輕盈的吉祥物材料不太一樣，也和他們先前看過的那一批帶氣球、怪怪的吉祥物不同，整體來說就像兩個不同工廠或批次出來的產品。

他們沒有靠近，但也沒有被落下，就是保持著一段距離追蹤那些吉祥物往前跑，跑了大約兩、三分鐘左右，前面眞的逐漸看見出口了。

在接近出口的同時，他們再度聽到熟悉的哭泣聲。

「媽媽……嗚嗚嗚……媽媽……媽媽在哪裡……」

小萱果然就在出口的外面，小女孩身邊包圍了四、五隻看起來很悶熱的吉祥物。

這種厚重類型的吉祥物們不是蹲著就是彎著腰，因爲身體過大擠壓到手腳，致使他們活動很不方便，硬撐著略有點滑稽的動作安慰小朋友。

虞因兩人走上前，其中一個斑點狗模樣的吉祥物轉過頭來，大大的腦袋底下傳來較爲溫和的聲音：「小朋友你們也走失了嗎？」

兩人不知該搖頭還是該點頭，這幅畫面就很尷尬，因爲他們確實是走失了，但是他們是從人間走到不知道是不是人間的地方。

權衡之下，虞因代替兩人搖搖頭，說他們只是聽到小朋友在哭跟過來看看而已。

小萱一邊擦臉一邊抬頭，彷彿這時候又認出虞因兩人了，抽抽噎噎地開口：「哥哥、你、你們幫我找到……媽媽、找到媽媽了嗎……？」

虞因感覺有點麻煩了，但還是認眞回答：「妳媽媽好像還在迷宮裡面，我們有看見她也在找妳。」接著他稍微描述一下那女人的穿著。

「眞的嗎！」小萱睜大了眼睛，這個時候也忘記要哭了，努力地追問道：「你眞的看見我媽媽了嗎？她還在裡面嗎？我就知道媽媽不會不要小萱的！那我也要回去找媽媽！」

「等等……妳這樣跑進去，等等妳媽媽跑出來，妳們兩個可能又要錯過了呀。」虞因抬頭看著周遭悶熱的吉祥物們，不知道這些款式不同的吉祥物是否能夠信任，但眼下好像也沒有其他選擇。「各位哥哥姊姊們，請問可以用廣播喊小萱的媽媽來出口找她嗎？」

斑點狗吉祥物晃了晃大大的腦袋，布偶頭仍舊傳來男性柔和的聲音：「我們已經有人去廣播了，服務處也有樂園廣播，如果她媽媽還在裡面，應該很快就能聽見。」

聽著他們的交談，小萱終於破涕爲笑：「那麼我在這裡就可以等到媽媽了嗎？」

斑點狗點點頭，動作有點誇張地張開手，「如果妳媽媽有聽到的話，或者妳要和我們一起去服務處呢？那裡比較涼。」

「不要！我要在這裡等媽媽！」小萱拚命搖頭，拒絕和吉祥物一起去服務處。

最後吉祥物們一起商量，留下那隻斑點狗陪小萱在出口外面的座椅等待。

「那麼兩位小朋友要繼續玩嗎？」斑點狗轉向虞因兩人。

虞因正打算開口，旁邊的少荻聿抓了抓他的手腕，他突然福至心靈地道：「我們再看看，可能等一下會想要再回來玩。」

「那麼你們要自己小心喔，如果你們家長在的話，最好和家長在一起，最近走失的小朋友實在太多了，盡量不要落單喔。」斑點狗非常親切地這麼說道：「我們遇到太多迷路的小朋友了，希望你們好好找對路。」

虞因兩人很有禮貌地點點頭道謝。

離開植物迷宮範圍後，兩人緩慢行走一小段路。

天空仍是黑壓壓的，似乎像感染了小萱的不開心，雲層濃黑成快要墜下來的模樣。

「應該不會下雨吧。」

虞因抬頭看看天空，有點擔心，誰知道在非現實的空間裡下的會是雨還是其他東西呢？

綜合剛剛吉祥物們的表現，讓他對環境實在不太樂觀，真的很希望不要下血雨或者下刀片，當然也不要硫酸雨……算了，還是不要想太多，萬一真的掉出來就慘了，先換個東西想。

小萱會不會順利找到媽媽呢？

「還是我們再回去看看吧，如果任務是小萱的話，我們應該要確保她順利與媽媽會合。」虞因心中有種可能不會那麼順利的不好預感，如果廣播這麼輕易就能找到人，他們就不會不能接近服務處了。

又或者其實就是這樣，才不能接近服務處呢？

總之，按照恐怖故事一貫的腳本，他們可能還得繼續盯著小萱，預防她被那些不吉祥物帶走。

越想越覺得如此，虞因牽著同伴，回頭往植物迷宮的出口處原路返回，大老遠就看到小萱和斑點狗依舊坐在長椅上。

「你們幫我找到媽媽了嗎？」小萱看見他們折返，露出期待的表情。

「呃……還沒有。」虞因頓住腳步。

「你們去玩吧，我會陪著小妹妹。」斑點狗如此說道：「如果她媽媽找過來，我會把小朋友交還給媽媽。」

虞因突然聽懂他們的意思了，這就像遊戲一樣，他們並沒有觸發到下一個劇情點，所以即便回到這裡，小萱也只會和斑點狗一起坐在椅子上，可以推測有短暫的安全時間，那麼重點果然還是要去找線索。

這時一邊的少荻聿突然將不知道什麼時候寫好的紙遞出去，上面寫著幾個問題，虞因看完後略有點訝異地挑眉，再次詢問坐在椅子上的小萱：「哥哥可以問妳幾個問題嗎？」

小萱懵懂地點點頭。

「妳記得今天來的時候和媽媽玩過哪些遊樂設施嗎？」虞因按著紙上的問題發問：「還有吃過哪些東西？有沒有特別喜歡哪一處風景？」

小女孩皺著小小的眉頭認真思考了好一會兒，接著才抬起頭來說：「吃了餐廳的……小朋友飯飯……喜歡海豚，和媽媽玩了旋轉木馬……咖啡杯……小朋友的小火車，還有迷宮……」

那麼就是有提供兒童餐的餐廳，海豚園區，以及旋轉木馬、咖啡杯、兒童火車。

「是遊園火車嗎？」爲了預防搞錯火車種類，虞因多問了一嘴。

「不是唷……媽媽說這是只有小朋友可以坐的小火車。」小萱回答。

確實就是兒童火車無誤。

✦✦✦

再次揮別小萱和斑點狗，兩人決定先從旋轉木馬走起。

這時少荻聿手上又出現了新東西。

虞因看他從口袋裡拿出一張紙展開，赫然是這個遊樂園的地圖，他大驚訝。「你什麼時候拿到地圖了？」

少荻聿有點冷漠地看著在遊樂園入口處什麼都不拿的智障傢伙。

總之他們是取得地圖了。

大致看了一下，其實旋轉木馬離他們並不遠，可能是因爲剛剛要避開吉祥物或是某種說不出的原因，才讓他們以爲已經跑很遠了，但實際上旋轉木馬就在旁邊區域而已，繞過一個矮樹叢就到了。

不管同伴感想如何，總之虞因渾身緊繃，往有不太好記憶的遊樂設施走去。

認眞地說，無論是誰看到那種畫面，都不會想回去的吧！對精神眞的很不友好！

重新回到旋轉木馬，依舊人聲鼎沸，孩子們在裡面嘻嘻哈哈地被機械載著轉動，而外面的大人仍然對他們揮著手，拿著手裡的相機不斷拍攝。

總覺得這畫面哪裡奇怪，不過虞因的目光依舊放在那些大人小孩的臉上，和剛剛一樣，這些人的臉有一些是模糊的，有一些是空白的，只有很少數擁有五官，但又不是那種讓人印象深刻的面孔。

少荻聿拉了拉他的衣袖，大概是想問他哪裡特別異常。

虞因苦著一張臉面對小朋友，他不管怎麼看，全部都非常異常，每個地方都詭異，沒有不異常之處；他都覺得那些塗料沒上好的旋轉木馬和小馬車也很異常，整個遊樂設施看起來一點都不精緻，甚至有點脫漆粗糙，所以散發出來的感覺更不對勁了，簡直就是半夜會衝出東西的經典現場。

兩人待了一會兒，突然發現眞正的「異常」在哪裡。這是由少荻聿先注意到，在旋轉木馬大致轉了兩圈之後，他突然拍了一下虞因的肩膀，在紙上寫給他看——「人沒有變過。」

所有搭乘木馬的小孩大人們，或者是在外面欄杆對他們揮手的大人們，全都和剛剛一模一樣，好像被時間固定住，在那裡不斷地轉繞、轉繞。

固定圈數繞完，所有孩子下了旋轉木馬，跑到出口處與家人相會，接著所有人很開心地牽手離開。下一批遊客到來，孩子們上了遊樂器材，大人們在安全圍欄邊揮手拍照。猛一看，赫然又是剛剛那群人，位置、選擇的搭乘物一點不差。

接著他們走去比較遠的咖啡杯，遠遠就可以聽見設施轉動的聲響及尖叫聲，靠近後果然這裡的遊客和旋轉木馬那差不多，大人小孩的臉不是模糊就是空白，同樣只有很少數是有五官的。

他們兩人在原地站了約莫五、六分鐘，這裡的遊客同樣沒有變動，即使器材停下了、遊客離開了，新的遊客上來，但無論是臉還是衣著，甚至連哪一台咖啡杯坐著誰，全都和剛剛一模一樣。

……看來最大問題可能不是那些不太對勁的臉，而是這些被永遠固定在死循環裡的遊客。

「你怎麼看？」虞因這樣詢問他的小同伴。

少荻聿搖搖頭，比劃了一個橫著的八，代表莫比烏斯環。

到目前爲止兩個遊樂器材都像這環一樣，不斷地輪迴重複，且樂在其中的人們完全沒有發現已然變成「永遠」。

如果他們無法離開，是否也會像這些遊樂園裡面的人……？

虞因有點冷汗下來了。

不對、不行，至少要讓旁邊的男孩可以離開這裡。

他們重新一一研究所有咖啡杯裡的搭乘者與站在外面揮手的人們，記憶力較佳的少荻聿儘可能記下了每個人的模樣。

除了虞因眼裡的面容不清、五官空白，以及不斷循環玩樂以外，遊客本身並沒有讓人容易留下印象的特徵，他們就眞的是很普通那種專注於遊玩的遊客。

沒找到進一步線索，兩人繼續前往最後一個小萱玩過的設施：兒童小火車。

抵達後，小小的火車依舊和剛剛一樣，上面搭乘的幼童、外面的成人沒有變過，甚至車頭的「車掌」也毫無改變，揮手的角度幾乎完全相同。

但比較不一樣的是這裡的兒童小火車很小，是專門提供大概六、七歲以下孩童玩樂，基本上父母們不能跟進去，不過因爲規模不大，所以站在欄杆外就可以輕易將孩子們在造景裡繞圈的模樣收入眼中。

也就是說，唯獨這個遊樂設施，小萱沒有和媽媽一起玩。

注意到這個細微差異，虞因兩人互看了一眼，於是這一次他們稍微走近，想看看有沒有更多不一樣的線索。

沒想到就在靠近那些貼著欄杆站的家長們的時候，不管有臉沒臉還是糊臉的成人們傳來了清晰可聞的聊天聲——

「剛剛那些人吵架吵得眞凶啊。」

「只能說，這年頭婆媳問題確實很多吧。」

「沒辦法呀，住在一起就會這樣，時間久了再怎麼總是會柴米油鹽出隔閡，不過聽他們的話好像是男方的問題，那婆婆在求著媳婦帶孩子回家呢。」

「不過婆婆也算是明理了吧，並沒有強迫媳婦一定要回去，反而是那個奇怪的小叔講話很難聽。」

「……剛剛被趕跑了，希望那對母女沒有受到影響吧。」

「眞的，明明來這裡玩應該要很開心的。」

「家家有本難唸的經啊……」

聽人們談論八卦的內容，大意似乎是上一場或不知道之前哪一場，在孩子們進去玩的同時，外面等待的某位家長被家族其他人找上，接著發生一連串家事爭吵，隨後有見義勇爲的路人制止了鬧事的那方，園方好像也有介入，保全與主管趕來把人帶走之後，整件事就這樣子不了了之。

這會和小萱母女有關嗎？

或者這其實就是發生在小萱媽媽身上的事。

這麼一來，遊樂園裡應該還有小萱其他父系輩的家人。

虞因聽了一會兒，除了婆婆、小叔以外，好像並沒有提到關於爸爸的事，而且因爲人被樂園擄走，即使場景重演，十之八九也看不見他們。

小火車繞了兩圈後孩子們離開火車，大人也去出口處接孩子們了，接著他們又變成新一批遊客重新回到小火車的入口，孩子們上了火車而大人們又開始閒談，內容依舊一模一樣、一字不差。

虞因突然想到，那麼如果回到迷宮，該不會他們能再聽一次員工在那邊碎碎唸的事情？

爲了驗證一些猜想，他們乾脆按著樂園地圖開始觀察其他遊樂設施，接著發現確實有幾個設施，如摩天輪、雲霄飛車這類小萱還沒去過或者是兒童無法搭乘的，外圍遊客的臉幾乎全數空白，而且遊客並沒有重複的行爲，只是他們不再談論與小萱有關的事，單純像個普通NPC逕自進行自己的行程。

「所以會不會是這樣子，只有重複的遊樂設施才是與小萱她們有關。」虞因看了兩、三個設施之後，這麼問少荻事，後者點點頭，也認同了這個猜測。

「那麼我們……」

虞因話還沒說完，眼角猛地瞥到一道有點熟悉的背影，他頓時止住話題回頭，只見同樣是一個孩子，不知道是男生或是女生，單獨一人拿著遊樂園的地圖，正沿著小路慢慢走著。

「你看到了嗎？」虞因拍了一下少荻聿的手臂，直直地盯著還在走路的那孩子，「你有沒有覺得那個人好像很眼熟，我應該也認識他，而且感覺他一樣是『活的』。」

少荻聿凝視著那個逐漸走遠的背影，認同虞因的話。小孩很可能是他們現實中的朋友，或者是周遭比較親近的某個人。

兩人極有默契地立刻往已經快要變成一個小點的背影追上。

幸虧那孩子走得沒有很快，所以虞因小跑步一段就直接追上他，正好兩人一前一後堵住去路。

這種狀況下，虞因反射性就說了一句：「不要動，搶劫。」

接著他對上了一雙像在看白痴的眼睛。

五官輪廓意外很精緻的小孩目前的表情呈現一種「無言以對」的模樣。

「咳。」虞因試圖拯救自己大哥哥的年長形象：「你好眼熟啊，有沒有覺得我們也很眼熟？」

……

……怎麼聽起來很像在搭訕？

算了。

還好都是小孩子的外裝，不然這畫面乍看還眞有點誘拐兒童的感覺。

長得很像小洋娃娃的男孩（女孩？）微瞇起眼睛來回看了擋路二人組，終於冷冷開口：

「不知道、沒印象，閃開。」

嗯，這種野貓般不親人的態度也很熟悉。

虞因更確定這個一定是現實認識的傢伙了。

「小妹妹，長得這麼可愛……」幹話還沒說完，虞因就接收到死亡視線。

這麼可愛，果然是男孩子。

有點惋惜地看看對方漂亮的小臉，虞因感嘆。

少了一個未來潛力股。

「我叫虞因，他是少荻聿。」這個聽起來有點中二又有點帥、有點離奇的名字，是他剛剛趁隙向小夥伴問來的，乍聽之下還以爲對方是用卍假名卍騙他。「很高興認識你，如果你沒有同行的人，我們可以一起走嗎。」

男孩反射性就想噴一句誰高興認識你，但奇怪的是話到嘴邊他卻說不出口，有個謎之力量制止他惡言相向。

「……都可以。」而且竟然還妥協了，爲什麼！

不知道新加入的小朋友內心有多無語，虞因很開心地露出了笑容，「那我們就一起走吧。」

於是從兩個人同行變成三個人，虞因也趁機問出了對方的名字，叫東風。

果然是很熟悉的名字，跟聿一樣，看來即使縮小、被削了一大半的記憶，眞的認識的人還是會留下某些無法抹去的痕跡。

因爲東風會說話，雖然兩、三句裡會有一、兩句不太好聽，但虞因感動地想著總算可以不用唱獨角戲了，溝通起來似乎也更加順利……意外地那兩個孩子竟然會手語，接著他突然察覺到一股濃濃的遭排斥感，自己被擠出手部活動小圈圈了！

不會手語錯了嗎！

身爲較大的哥哥，他有點難過。

兩個小的完全無視他在那邊演，簡單交換了下所知，果然東風想的和兩人差不多，這孩子也是一開始就在遊樂園的入口拿了地圖，但他沒有像虞因一樣看到奇奇怪怪的無臉人面孔，而是一路沿著那些重複循環的遊樂園設施摸索路線。

「這其實很容易看出來啊，他們的行動軌跡都一樣，體型服裝全都沒變，一眼就看穿了。」東風很不以爲然地說道：「眼睛有問題才看不出來。」

「……」根本什麼都沒有看出來的虞因表示沉默。

天才與人類的腦迴路永遠不相通。

好吧，至少可以肯定他們現在的線索「有某些遊樂設施會重複」，這部分已經證實了和小萱及她媽媽有點關係，在他們行走迷宮的那段時間，獨自一人行動的東風差不多摸完了全部遊樂園設施，但比起小萱所說的，還多了一項：碰碰車。

小萱應該沒理由對他們說謊，三人交換完意見，決定過去碰碰車那邊看看。

已經去過一次的東風直接在前面帶路，碰碰車的位置有些偏僻，是在室內，得走去另個園區。

「對了，你們不餓嗎？」虞因一邊帶著兩個小朋友，一邊這麼問道。

兩個小的默默對他搖搖頭，並且動作極爲一致地向他露出「其實餓的是你吧」的反應。

虞因一秒感覺自己簡直好心被雷親。

算了，讓他們餓死好了。

◆◆◆

接近碰碰車區，果然也像之前幾個設施一樣，周遭長滿一圈家長，虞因幾次看下來，突然弄懂了某些規律。

例如這個「遊樂園」發生「事情」的時間很有可能是假日，園區內的家長與小孩子太多了，圍繞在設施旁邊的人們幾乎可以用「人滿爲患」來形容。

等他們進到碰碰車區範圍時，就聽到裡面有些人在罵：「小心一點啦喂！」

只見人群當中有隻吉祥物跌跌撞撞地跑出來，可能是之前碰撞到別人家的孩子吧，後面有幾個家長正在指著他大罵，而這隻有點眼熟的吉祥物連連向這些人點頭道歉，姿態雖低，但好像有些漫不經心。

這不就是一開始在遊樂園大門口看見的那隻大黃狗嗎？

虞因稍微觀察一下，發現大黃狗應該是同一隻，因爲他走路依舊是那時呈現的不太方便的模樣，可能是因爲這樣才會不小心撞到人。

大黃狗吉祥物很快遠離人群。

周邊的人仍舊不滿抱怨，甚至有人打算找園方投訴：「怎麼今天老是一堆人莽莽撞撞，小朋友這麼多就不會注意下嗎？眞危險。」

碰碰車這邊的訊息好像就只有這樣子了，接著大家又開始無限循環玩樂著碰碰車。

到此爲止，所有產生循環的遊樂器材全都找出來了，大致的遊玩路徑也被釐清。但這條軌跡裡沒有看見小萱和她母親，她們似乎只存在於他人口中的情報裡。

三人回到植物迷宮。

這次入口處的守門吉祥物變成了一隻兔子，同樣微微彎身詢問：「小朋友們，你們要挑戰我們的迷宮嗎？成功離開迷宮的小朋友有獎勵喔。」

「是什麼獎勵呀？」虞因用天眞可愛小朋友的聲音問。

「這等你們挑戰成功之後就會知道了喔。」兔子並沒有直接告訴他們，而是故弄玄虛地讓開身子，後方植物迷宮的大門看起來不知道爲什麼好像老舊了許多，但裡面同樣都是纏繞攀爬一叢叢的植物牆，看起來好像變得更陰森了一點。

因爲已經走過一次迷宮，少荻聿其實把裡面的路線圖全背起來了，隨時可以用最快路徑連接到出口。再次進去之前，三人先繞到迷宮後方出口處，果然那隻斑點狗吉祥物和小萱已經不見。

走回入口，虞因抬頭詢問兔子吉祥物：「剛剛和媽媽走失的小妹妹已經找到媽媽了嗎？」

「沒有唷，小妹妹的家人來了把她接走了。」兔子如此回答，聲音有點平板，莫名多了三分詭異。「所以你們在進迷宮時要小心一點唷，千萬不要走丟了，搞不好會出不來的喔……很多小朋友就是這樣跑不見的。」

「呃，好的，我們會小心。」虞因不知道第幾次收到這種「善意的警告」，連忙點頭表示了解。

一、兩次還好，但重複提起這件事，是否想暗示他們沒在時間內找到線索，或是在這地方涉入太深，會有機率「回不去」呢？

無論是哪一種，他都決定如果再沒有頭緒，要想辦法先把兩個小的弄走。

重回迷宮，這次多了一個同樣善記的東風，三人竟然只花不到兩、三分鐘就出來了，而且順利到令人不敢置信，上一輪到處都是的吉祥物全沒看見蹤影。

是打開的方法有錯嗎？

虞因把疑問告訴另外兩人。

東風看了看聿，感覺他比較可靠，直接詢問對方：「你們剛剛來的時候也是走這條路線嗎？」

聿搖搖頭。

他們上一輪是跟著小萱往深處走，而這一輪改走外圍，以最快方式找到出口的位置，也就是上次那些看不見的員工一路跑往的方向。

就在兩個小的認真沉思之際，虞因發現那種看起來比較悶熱的沉重吉祥物走過來，手上拿著三顆氣球，「恭喜小朋友們過關囉，這個是送給你們的冒險小禮物。」

虞因接過氣球，與那些奇怪的吉祥物不同，這三顆氣球竟然非常正常，沒有什麼奇怪的輪廓或內容物，真的就只是充滿氫氣的彩色氣球。

向吉祥物道謝之後，虞因示意兩個小的分氣球，得到了一致的拒絕答覆。

好吧，只好他自己全拿著。

隨即三人覺得應該要按照上次的路線再走一次，所以再度回到入口。依舊是那隻兔子小姐，以及同樣詭異且有點老舊的植物牆入口。

「哎呀，你們不是剛過關了嗎？」兔子很疑惑地歪歪頭。

「我們是運氣好找到捷徑而已，但這樣不好玩，所以我們想要再走一次。」虞因抓著上下飄動的氣球，語氣萌萌地回答對方。

「可以喔，你們都是很有挑戰精神的小冒險家，那麼請進來吧。」兔子再次讓開身子，露出了入口。

這一次聿走在最前面，按照了第一次的路線，轉進深綠色的通道裡。

——在前方，有一隻吉祥物背對著他們，悄然無聲地站著。

✦✦✦

沒有小女孩的哭泣聲，只有灰黑色的吉祥物，看起來好像是貓或者是豹，又是一隻先前沒有出現過的吉祥物，他的手上也拿著幾顆氣球，陰森森的環境光讓那些氣球看起來極其詭異，好像裡面有點什麼正上下搖動著。

「砰」的一聲，虞因被嚇了一大跳，接著他發現聿和東風也被嚇一跳，因爲爆破的聲音離他們相當近，就是腦袋上那三顆通關獲得的氣球，失去氣球的彩帶慢慢地從空中飄落，看起來相當可悲。

「你們……需要氣球嗎……」黑色吉祥物幽幽轉過身，開始推銷他們正常人並不想伸手去拿的氣球。

但這次三人稍微愣了下，因爲這次吉祥物模糊的聲音有絲耳熟，好像曾在哪裡聽過，卻又不是那麼歡迎對方。

黑色吉祥物沒有再說什麼話，只站在原地盯著他們。

按照先前的方法，虞因牽著聿和東風，小心翼翼地繞過吉祥物，貼著植物牆走。

這次吉祥物果然也沒有跟上來，就是在原地看著他們離開。等到虞因幾人要轉入下一條通道時，後面突然飄來了一句很輕的聲音：「你們……不要在這裡待太久……」

再次回過頭，那個黑色貓科吉祥物已經不見了。

在新一條通道走了一會兒，細小的哭泣聲如預期再次傳來，是熟悉的小萱的哭泣聲。

果然小萱也重新循環了，雖然不知爲何吉祥物出現變動，但小萱的位置確實一模一樣。

等等……小萱的位置還是一模一樣？

也就是說小萱和外面那些遊客同樣，都在「循環」裡面？

虞因終於釐清了，他從一開始到現在都覺得怪怪的事情是怎麼一回事。

他一直主觀地認爲走丟的是小萱，但是小萱在等她媽媽，並且疑似被其他家人帶走了。

從頭到尾完全沒有正面出現過的，其實是「媽媽」。

眞正走丟的人是媽媽，而不是小萱。

虞因看向其他兩人，他們一點都不意外的樣子……好喔，看來只有自己是愚蠢的凡人。

「所以……我們眞正要找的應該是還陷在迷宮的媽媽吧。」他垂下肩膀，嘆了口氣。

東風點點頭，「應該是這樣沒錯了。」

綜合他們連結起來的遊樂園軌跡，大致可知整條線是這樣子——小萱和媽媽進到遊樂園後，先玩的是距離大門最近的旋轉木馬，接著他們可能去海豚區觀賞海豚表演，隨後在餐廳吃了點東西，到目前爲止應該都挺悠閒的。

飯後他們也許要消化，不能玩比較刺激的設施而去了兒童小火車，這時候在外面的媽媽疑似遇到夫家的婆婆和小叔，不明原因吵了一架，內容與希望媽媽回家有關，進而發生了一波言語衝突。

然後他們這群人也許被園方帶去休息室調解、也許有些人被請出園區，很快地，媽媽便帶著小萱繼續行程，去了碰碰車，但不知道爲什麼沒有玩，所以小萱沒有玩碰碰車的記憶，最後他們來到了植物迷宮。

媽媽就在這裡消失了。

「媽媽……媽媽妳在哪裡……」

迷宮裡的「小萱」再次發出了低低的哭泣聲。

這次三人沒有靠近，此時他們也看見了通道盡頭轉角處，植物牆的後頭有一張半露出來的布偶臉，是那隻大黃狗。

大黃狗的臉被黑影遮住了近八成，這讓整個吉祥物布偶看起來極爲詭異。

「唰」地一下，自覺被發現的黃狗猛地縮進植物牆後，接著是倉促又沉重的跑步聲。

三人互看了一眼，快速跟著腳步聲追了上去。

不知道什麼時候開始，「小萱」的聲音不見了，那些奇奇怪怪的吉祥物也沒有再出現，唯有大黃狗的腳步聲一直在前方踩踏著。

他們就這樣跟著、跑著，跑進了迷宮最深處，同時也是這座迷宮的中心——一棵長相扭曲的大樹，旁邊散落一些蘑菇狀的矮椅子與小涼亭，作用應該是吸引小朋友們，或者讓家長稍微在這裡休息一會。

但因爲天色太黑了，此時這個地方同樣陰森一片，完全沒有讓人想留下來的吸引力。

在這個地方，他們再次看見那個滿臉血的奇怪小丑，小丑這次什麼氣球都沒拿，雙手空空地站在一張蘑菇椅旁呆愣地看著他們。

虞因心裡有點想法，直接衝過去跳到蘑菇上，一把將小丑的腦袋拔起。

他本來以爲可能會看到裡面有個詭異員工，最糟糕的情況是奇怪的屍體，然而裡面什麼也沒有，就在拔起來的瞬間，小丑的身體整個垮下，外面的那層「皮」軟軟地倒在地面。

「阿因！」

東風突然喊叫出聲。

虞因低下頭，看見自己手上的小丑布偶頭脖頸處正在一滴滴地掉血，地面很快擴散成了一片黑紅色。他連忙把布偶頭放回小丑攤成一團的身體上，跳下蘑菇奔向他的夥伴們。

小丑腦袋連著皮就這樣不動了，只有那些沒完沒了的血液將整件布偶裝染成異常不祥的顏色。

小丑好像死了。

意識到這點的時候，虞因詫異地思考著該不會當時這裡發生過什麼命案，結果好死不死被媽媽撞見了吧？

把想法告訴另外兩人，兩個小的想了想，分別搖搖頭。

「這可能只是一種象徵。」東風說著：「在這裡凶殺太過明顯，如果這個遊樂園的『時間』真的是假日，那麼迷宮裡應該充滿了人，也會有比平常更多的吉祥物在這裡支援。」

這麼說也是。

聿猛地抬頭，拉著虞因的手腕重新快步跑向吉祥物的皮。

虞因沒有打斷他，而是跟著踏過那一灘血水，重新回到已經變成一坨的吉祥物皮旁邊。

「……」聿張了張嘴，一縷極細氣音從他的喉嚨發出來：「這個是裝載物。」

這麼一說，另外兩人同時明白了。

「媽媽」被裝在吉祥物裡帶走了，因爲園裡吉祥物太多，一隻吉祥物攙扶著另外一隻離開，並不會引起任何人注意，大家只會以爲這隻吉祥物可能是身體不舒服或者中暑了，頂多看個兩眼就不再記於心裡，所以小萱一直找不到媽媽，警方也找不到任何媽媽離開的線索。

「所以……你們找到了……我的媽媽嗎？」

突如其來的女孩聲突然在三人後方響起，他們非常整齊劃一地回過頭，就看見小萱站在血灘之外。

「所以……你們……找到……媽媽……了嗎？」

暗沉的天空傳來了一記雷響。

「如果找不到……我只能……讓你們留下來……陪我的媽媽了……」

下篇——

「阿因！」

虞因猛然驚醒的刹那，看見一張非常靠近自己的臉。

他一時之間沒反應過來，記憶還殘留著逼近他們的女孩那張開始扭曲的小臉，腦袋暫時無法理解出現在視線裡的人是誰。

只覺得很熟悉，非常熟悉。

似乎是在樂園前，他疑惑過爲什麼沒出現在自己身邊的其中一人……所以這是……

「你們三個怎麼會都睡在這個地方？我還以爲你們沒有回家又跑去做了什麼奇怪的事情。」見人醒來了，虞夏往後退開，有點疑惑地看著某傢伙好像還沒從夢裡清醒，一臉呆愣的迷糊反應。

……

等等，應該不會是又睡到什麼不該睡的夢裡面去了吧。

虞夏思及此，抬手直接在對方臉前一彈指，啪的清脆聲響讓死孩子眼睛跟著一眨。

虞因震了下，反射性環顧室內，他這時還有一點自己好像仍是手短腳短的小朋友錯覺，不過這種體感在看見另外兩位合夥人之後很快就消散。

聿和東風隨即也被虞夏喊醒，兩人趴在工作室一樓的吧台上，睡眼矇矓地撐起身體，同樣有種「這裡是哪」、「我是誰」的喜感模樣，與他們平時冷漠的高冷臉完全不同。

虞因才想開點玩笑，但一舉起手，就看見自己的手臂上出現了密密麻麻的小小掌印，好像有誰不死心，硬是從另個世界糾纏上來的痕跡。

「……」好喔，所以那個果然不是純粹的夢吧。

同時清醒的聿和東風對了一眼，瞬間確定了他們兩個作了一模一樣的夢，接著聿轉向虞因，試探性地開口：「遊樂園？」

「小朋友？」虞因以一種好像在對什麼密碼的語氣，接著轉向旁邊的東風：「小妹妹？」

東風無言地看著這個白目，覺得他不要清醒也滿好的。

「你們發生什麼事了？」虞夏一看見他們這種反應還有什麼不明白的，果然是他擔心的那種夢，就是不知道會不會很危險。

虞因代表大家把怪異的夢描述了一次，接著說：「那個絕對不是現在發生的事情，可能是很多年前……絕對是超多年前。」

夢裡的那一大群家長們全部拿著相機，並不是現代的智慧型手機，在夢裡還沒有感覺異常，只隱約覺得違和，現在清醒回來人間後，發覺全部都很奇怪啊！現在誰不是人手一支手機在揮舞。

再加上沉重悶熱的那一批吉祥物，那種材質至少也是十多年前使用的，與現今主流的製作吉祥物的材料完全不同。

現在如果還有人做成那樣子，可能會直接上虐待員工的爆料版吧。

職業關係，虞因特地了解過這類品項的各種製作材料，完全可以確認那些連行動都會造成不便的材質早被淘汰了。

虞夏有點腦殼痛，開始詢問異世界流程：「你們什麼時候又接觸到相關的東西？今天你們不是一直都在工作室裡面嗎？」

「對啊，我們今天一直都在工作室裡。」虞因在心裡補上一句：可能是因爲這樣子才會被一網打盡。

和虞因不同，一旁開始幫大家泡茶的聿露出若有所思的表情。

「小聿知道原因？」虞夏看著比較正常的小兒子。

聿有點遲疑地點點頭，指向了還放在櫃台後角落的小箱子。

虞因一個擊掌，恍然大悟：「難道是我們昨天路過那家奇怪的店買的東西嗎？」

「你明知道自己很容易有問題，爲什麼要在奇怪的店裡面買奇怪的東西？」虞夏眞想給這個愚蠢的傢伙一個後腦勺問候。

就在這時，工作室的門再次被推開，虞佟走了進來，看著分別若有所思的四人。「嗯？還不打算回家嗎？」

「先等等，你兒子又在搞事了。」虞夏攤了攤手。

「我必須說我絕對沒有搞事。」虞因感覺一萬個委屈，但他還是接過聿遞給他的小箱子。這箱子大概三十公分左右的長寬，是個正正方方的形狀，打開後裡面塞了一點緩衝物，接著底下是兩、三個復古小玩具。「之前我有位學長開懷舊店，正在找類似這樣的東西，所以昨天在櫥窗看到後就先幫他買下來了。」

雖然那家店本身也有點奇怪。

首先，店並沒有招牌，而且開在深夜無人的小巷子裡面，他原本只是路過要買點宵夜回家，當時不知道爲什麼就被吸引過去，然後莫名其妙發現了這家無人店。

他和聿前後走進了無人店，只看見店裡放滿各式各樣擺飾，還有他學長在找的那款幾十年前的小玩具，上面有標價可以自己把現金放在櫃台的收費箱裡，他沒有想太多就直接付了錢和包材費，在旁邊用的店家提供的箱子與緩衝材料包好便帶回來了。

然後今天早上又帶來工作室。

東風用一種「原來亂源就是你」的表情指控，他就是莫名被一起踹進夢裡的人。

這三個小玩具都是塑膠小東西，是那種擠壓下去會發出「嗶啾」聲音的兒童娛樂用品。

但再次打量這三個小玩具時，虞因剎那間起了雞皮疙瘩。

三個小玩具分別是黃狗、小丑、斑點狗。

和虞因的反應不同，虞佟兩人認真看了一會這三個小玩具，他們同樣感覺小玩具很眼熟，接著虞夏輕敲了下桌子。

「這是那個吧，很久以前的遊樂園，約莫三十多年前了，當時廣告打很大，這三個是園區裡的吉祥物系列，好像叫作『小丑與他的小狗夥伴們』。」虞夏認真翻找自己的記憶，確實太久了，剛剛拿出來時他還有點意外。

「嗯，是這個沒錯。」虞佟點頭，同樣想起有這回事。

雙生子那時還很小，正好趕上樂園鼎盛時期，家人們出遊去過一、兩次，後來各種樂園不斷開張，加上年紀逐漸增長，兩人對其他事物的興趣高於遊樂園，就沒怎麼再進去過了。

「你們知道這個樂園？」虞因皺眉：「所以這是真的發生過的事情，以前曾經有母親失蹤的案件嗎？現在還有沒有檔案可以找？或者更多後續？」

虞夏走去旁邊打電話。

虞佟則是溫和微笑著把小玩具放回紙箱，蓋上封印。「總之先回家吧，天色很晚了。有什麼事情總得要等到案件調檔。」

這話說的沒錯，虞因三人趕緊加快速度收好工作室，同時睡著讓他們延宕了回家時間，還好昏睡期間沒有什麼歹人入侵，算是不幸中的大幸。

鎖上大門後已深夜十二點多。

一行五人終於回到家，聿立即走進廚房幫大家煮頓熱騰騰的宵夜。

沒多久，廚房飄出陣陣香氣。

而這時候，虞夏託人打聽的遊樂園事件也有了進展。

「陳淑芳，二十八年前失蹤。」

虞夏運氣比較好，電話那端友人頂上的所長正好就是當年案件相關員警之一，今晚正好沒事待在所裡的所長，閒著在旁邊聽見電話裡討論到樂園的名字時，主動開口說了內情。

這是一件還未偵破的離奇失蹤案件。

說穿了其實也不算很罕見。

畢竟每年都有失蹤案發生，而每年不知道怎麼失蹤的離奇失蹤案也很多，這僅僅只是汪洋大海裡的一滴水珠。

當年其實上過報紙版面，然而震驚社會後，又被淹沒在歷史之中，唯獨剩下承辦員警與在意的家屬親友仍然記得。

就和虞因他們遇見的差不多，失蹤者是一名二十七歲左右的婦女，她的丈夫在樂園裡工作，平常會帶回一些樂園的員工招待券或廠商轉贈的公關票，部分家人自用，部分拿去親戚間做人情——那年代，這類東西還是很拿得出手。

陳淑芳與丈夫育有一名五歲的女兒，叫作趙敏萱。

她在失蹤的前幾晚曾與丈夫大吵一架，內容毫不意外是因爲沒有生兒子被親戚說閒話，女方長年被這些三姑六婆茶毒而感到氣憤不平，逐漸心生其他打算。

那個年代依然有很嚴重的重男輕女的觀念，無論熟不熟的親朋好友吃飽太閒就會亂講話，甚至當著小夫妻的面說生女兒有什麼用，讀書也不用讀那麼高，反正以後嫁出去就是別人的，早點找工作給她做就好了。

極爲典型的舊時代遺毒。

小夫妻那時還住在家裡，他們是個三代同堂的大家庭，因此有一些兩代相處的問題，幸好公婆人還不錯，沒有太多挑剔的要求，三餐也不用媳婦準備，但不幸的是有個喜歡攪屎的小叔。

白目的小叔還應和鄰居的話，沒事就在一邊嚼舌根，直接點爆陳淑芳累積的怒氣。陳淑芳脾氣較硬，見幾次爭執或被說風涼話時丈夫都不怎麼表態，隱隱還有贊成有個兒子更好的傾向，她直接氣得要離婚帶女兒走。

龐大的火氣多是經年累月堆積，大家庭容易會有這種問題，融入不了的人會在心裡藏進一座火山，等著點燃爆發的那一天，或是一發不可收拾，或是妥協成為死火，靜待重新復燃。

耳根子軟的丈夫只覺得這是小事，希望妻子不要太鬧，然而陳淑芳依然非常生氣，第二天就帶著女兒回娘家，雙方僵持不下，過了好幾天，可能是因爲女兒吵著想要出去玩吧，所以陳淑芳才帶女兒去了遊樂園散心。

近三十年前的遊樂園沒現今那麼多選擇，加上地理位置與交通上的限制，陳淑芳能選的只有丈夫工作的那一間。

似乎是娘家的爸媽與親戚鄰里幫忙擋著婆家，所以丈夫那邊的人這段時間見不到陳淑芳；因此那位平常很和氣的婆婆一聽見她去了遊樂園，竟然也跟去想要勸她回家。

老一輩的人很看重團圓，即便他們內心可能也嫌棄孫女，但她畢竟是同姓家人，沒有放在娘家的道理。

好死不死攪屎棍小叔也跟去了，結果當場在遊樂園爆發一輪衝突，甚至驚動到園方把他們帶去休息室勸說，婆婆和小叔才先返家。

沒有想到，這就是他們最後一次見到陳淑芳了。

陳淑芳帶著女兒小萱去植物迷宮後，永遠消失在人們面前。

「如果按照你們在『夢裡』所見、推測的，那陳淑芳十之八九當年眞的被塞在吉祥物裡運走了，問題是誰、爲什麼。」虞夏接過聿分裝給大家的粥碗，海鮮粥的香噴氣息讓他下意識先吃了一大口。

這案子最可惜的地方是當年監視器不夠多，遊樂園裡雖然有安裝，但顯然陳淑芳失蹤當時走進了監視器的死角，所以完全沒有拍到她最後去了哪裡，或者是誰接近她。

「陳淑芳的丈夫腳是不是有問題？」虞因沒有立刻回答，而是先問了自己在意的點。

畢竟大黃狗的腳有問題，而且形跡詭異。

「沒錯，據說是在建造遊樂園時因園方防護沒做好而受傷的，爲了和解與封口，遊樂園承諾無論如何都會留給他一份工作。」虞夏也是從友人那邊聽來。幸好當年偵查這件案子的員警們非常盡心盡力，留下了不少這種比較細微的調查資料。

雖說是保證有工作，但從扮演吉祥物這份工作來看，也就是餓不死的工作罷了，不知道是陳淑芳丈夫本人的選擇，還是樂園眞的黑心到只提供雜工工作讓他挑選。

幾人若有所思，總之先吃起熱騰騰的海鮮粥撫慰心靈。

虞因一邊吃一邊看著自己的手臂，那些小手印退掉很多，不過還有殘留。所以當年小萱真的跟著爸爸、奶奶回去了嗎？

這麼想著的同時他也開口詢問。

「對，孩子跟著父親那邊的人走了，童年在老家生活長大。」虞夏沒忘記問那位所長這件事情。

因爲母親失蹤，加上那天與婆家在樂園的衝突，園方只能很快聯繫上正在工作的父親，讓人過來接哭泣的小女孩。

但從所長口中得知，其實陳淑芳的娘家人有爭取過孩子的監護權，然而父親還在，並且有正當工作，完全可以養育小孩，最終陳淑芳的娘家以失敗收場。

再更後來像是孩子的生活如何呀之類的情報，員警們就沒有繼續向下追蹤了，畢竟他們的第一要務是找到失蹤者，並非育童記錄。

「時間太久了。」東風攪著粥。

都已經過了二十幾年，眞的想要找什麼證據幾乎不可能找到了。

「啊……這個的話……」虞因話沒有說完，但大家知道他想說什麼。如今事情都找到他頭上了，他就不信去事發現場會什麼線索也沒有。

生活的最後果然還是走向了玄學。

幾個人有點無言，但這件事情過了很久，短時間內真的想要查，也只能劍走偏鋒走這種路徑了。

況且……他們的視線看向虞因的手臂，上面的手印仍未消，就像殘餘二十多年的怨念，執著且深深地刻印在世界的某一角，等人去挖掘出來。

「既然要去就早點吃飽早點休息吧。」虞佟一語定論。

眾人加快了吃飯和盥洗的速度，沒多久每個房間就全部進入短暫休眠期。

大約也是希望他們能真的找出線索，這一夜竟然安然無夢，所有人一覺到天亮。

沒有哭泣的小萱，也沒有成排的吉祥物。

就只有深深的黑暗，包裹靜待恢復的生者們。

◆◆◆

翌日一早，一群人加上休假的虞佟兄弟，乾脆擠滿一台車，直接朝遊樂園舊址而去。

樂園度過怎樣開都可賺錢的蜜月期後，終究沒有撐過全台各地樂園百花齊放的激烈競爭，經營狀況逐漸走下坡。

經營者缺乏長遠商業眼光，不但炒股失利，還倒楣遭到朋友惡意做空，致使這間樂園十多年前便黯然退場，器材連同整塊土地打包販售給大財團。

如今，土地上幾乎逾八成的遊樂設施被清除殆盡，未來預計改建成大型商場與複合式度假村。

一行人依照所長和老員警們提供的舊地址到達這塊正在緩速整新的地區時，看見僅剩一小塊敗亂的鋼筋水泥與少許斑剝殘存的設施殘塊，幾乎看不出曾熙攘繁鬧的遊樂園原貌了。

虞因下車時，踩踏的地面是乾裂的柏油與被翻出來的泥沙，平日給工人與作業車通行的地方壓扁了各式各樣的雜草，枯黃的乾草被掃到一旁，疊起幾小堆。

被推倒的雲霄飛車軌道只剩幾截插在不遠的亂石堆，折斷的旋轉木馬連原本塗裝粗糙的彩繪色料都沒了，上面只剩大概是工人們休息時惡作劇噴的怪異彩漆，骯髒得像某種奇怪的次元生物。

說眞的，眼前這片荒土和他們夢裡喧鬧的環境很難畫上等號。

如果不是那座綠色的服務處還留有一半門面與牆壁在原地，幾乎完全認不出是同個地方。

爲了增加電波線索，虞因乾脆把那三個小玩具也帶來了，望著眼前茫茫一大片廢棄荒地，他聳聳肩：「不知道何方朋友想要幫忙，我們實在看不出來要從何下手，您就自主一下吧……唉呦。」

他摀著被自家二爸搧了一下的後腦，委屈地閉上嘴巴。

就……本來就是要找那東西了，主動一點還要捱打，莫名有點倒楣。

站在一邊的東風攤開手上的紙卷，這是他按照夢裡遊樂園區地圖重新畫出來的地圖，因爲時間較急，所以畫得沒有那麼精緻，但比對一下相對位置大致上沒什麼問題。

雖然已經提前在網路找到當年樂園的舊地圖，也在聿的操作下復原到了相當清晰的版本，但夢裡與現實終究存有差異……光那些歪來歪去、不太對勁的路徑就不少，所以還須要製作夢境版本。

幾人按圖索驥，好不容易在超級大變形、凹凹凸凸的廢墟裡找到了當年植物迷宮的大概位置。

「陳淑芳最後消失的地方應該是在這裡，阿因你們看見的那棵大樹大概就是這棵了。」

虞夏拿著兩張地圖，重疊後找出來，呈現在眾人面前的是一棵差不多要死翹翹的老樹。

不曉得是不是心理作用，這棵老樹長得格外扭曲，加上樹皮乾枯、凹凸崩裂，讓人看得更加不舒服。有意思的是，這樹的位置其實與樂園製作的地圖有偏差，位移了不少，更貼近夢境地圖一點，可能是數十年間歷經地震或人爲變動吧。

與此同時，虞因眼前晃了一下，恍惚間好像看到很淺淡的身影從樹後滑去，然後往另外一個方向消失。

旁邊的聿拉住他的手臂，有點憂慮地看著他，從夢裡跟出來的小手印又變得明顯了，並化成青紫烏黑的顏色。

「沒事，沒有感覺。」虞因安撫對方幾句，「昨天就不痛，我覺得『她』好像只是想要提醒我們來完成她的願望而已，沒有她說的那麼恐怖。」

雖然夢裡的小女孩撲過來那幕確實有點驚悚，但比起要把他們永遠留下來，他感覺更像是「一定要記得找到」這樣的威脅，大概是怕他們夢醒後不當一回事，所以才想要給個恐怖印象，讓人甦醒後怎樣都忘不掉。

「可是，小萱還活著吧。」東風微微皺眉。當年的小女孩現在也不過才三十多歲，所以這個小手印不太可能是她在作祟，還是那個夢其實真的沒有那麼簡單，有什麼東西跟著出來嗎？

他想到那個聲音莫名熟悉，形跡詭異的吉祥物。

夢裡面，「亡者」不只一個。

夢境樂園也許與什麼生和死的邊線交疊，那裡有很多不屬於現在「生者」的存在。東風雖然一開始沒有和虞因兩人行動，但從後續對氣球的描述判斷，那些人臉多半是過往的加害者、受害者，就不確定是真的「在邊界」，抑或是「意識投映」。

三人看向虞夏。

後者當然知道他們在看什麼，並且早在昨天睡前就向熟識友人尋求協助。「趙敏萱的下落，我有請人幫忙查一下了，沒意外的話今天應該會有回音。」

如果找到當年的小女孩，說不定能順利推進這件事。

「那我們還是先去看看吧。」

虞因盯著影子消失的方向，邁開腳步跟著過去，他一動其他人當然也尾隨他，聿甚至抓著他的外套，可能是怕他眨眼又被送去什麼不太對勁的地方。

最終他們順著地勢往下走了一小段，停在小溪河谷邊。不下來不知道，一下來才發現這下面還有老舊的涵洞與大大小小當年樂園使用的各種管線洞，而且看起來意外地都滿深。

虞佟和虞夏交換了一眼，職業使然，他們隱約感覺到裡面可能眞的有什麼。簡單清除掉覆蓋在洞前的雜草藤蔓樹根等物，幾人清出一個可以小心走過去的空間。

隨後，等裡面的各種蟲鼠蛇蟻暫時跑掉一批，以虞夏爲首，幾人魚貫走入，手電筒燈很快照亮了這可能十多年都沒有人進來過的地方。

隧道內空氣不太好聞，但還算流通，周圍非常濕潤、到處都有苔蘚，一個不小心可能隨時會打滑，被夾在中間的東風就一度打滑一、兩次，直接撞在聿的背上。

「你得感謝聿的身體練得夠好、下盤很穩，要不然你們兩個就會一起飛出去。」虞因沒忍住，嘴賤了兩句。

東風拽著聿後背的衣服，想罵人。

涵洞後端可能因年久失修已經崩塌，但在崩塌的側邊位置露出了一截白骨。

不用誰先開口，他們就知道他們應該是找到了。

✦✦✦

「所以這就是你們玩大冒險不揪伴的理由嗎？」

嚴司痛心疾首地看著幾個人，發出了沒有跟上團的譴責。

「有沒有可能是因爲我們並不是在玩大冒險。」虞因無言地看著這個聽到他們遇到案子，最快跑過來的傢伙。

一旁不知道爲什麼一起被載過來的玖深呆呆地看著幾個人，後知後覺地往後連退好幾步，戒愼恐懼地看著那個涵洞。「這這這這……」超抖，爲什麼假日也要遭到精神攻擊？

「大概是現場。」虞因憐憫地看著被宅配直送的友人。

「啊啊啊啊啊啊！不要說出來！」玖深抱著腦袋哀號。

不！他甚至不是這縣市的！

這不是他應該負責的地方！

他頂多勉勉強強就是個路人甲！

「你們今天都放假嗎？」虞佟好脾氣地看著一伙明顯不是在上班的同僚們。

「沒有唷，我剛好找玖深小弟出去玩呢，但我發現你們這裡更好玩。」嚴司搭著想逃跑的小朋友肩膀，緊緊把人扣住。「超好玩的，古代遊樂場探寶記。」

唯一一個要上班、並因為熟人搞事的關係接到同事通知，臨時過來的黎子泓看著這幫沒事開始吃飽放大招的友人們，沒有給予任何評價。

說穿了就是一句「習以為常」。

突然跑到外縣市挖掘骨頭很罕見嗎？不，都快變成常態了。

幾年前黎子泓大概無法心平氣和地面對這一切，調過來幾年後，他現在詭異地覺得天降白骨都是很正常的事情。

人類的習慣果然很可怕。

「那你們真的吃飽很閒喔。」虞因看著不遠處已經被拉起封鎖線的涵洞，受調來的警方正在盡量採取殘留的萬分之一跡證。

「可能沒有你們這麼閒喔。」嚴司挑眉。這群人閒到可以出門挖屍體到底在說什麼呢，他和玖深小弟好歹原本是個很普通的假日，然後這邊完全突變，雖說也是另一種意味上的平常啦，但每次看見還是想感嘆兩句，這世界果然有些人的日常生活就是和普通麻瓜不一樣。

虞因無言以對。

在附近打電話的虞夏一邊按著手機一邊走回來，用彷彿宣告不治的語氣告訴大家：「趙敏萱半年前因爲疾病死亡。」

話很短，字不多，但像驚雷一樣震得大家一時半刻說不出話。

誰也沒想到夢裡的主人公眞掛了，直接貫徹了那句「明天和意外誰也不知道哪個先來」。

「……」虞因乾笑兩聲：「那我猜一下，這三個吉祥物玩具應該是她的，因緣際會被我們買到手。」

虞夏把手機裡收到的照片點出來，放大轉給對面的衰小孩子們看。

照片上的女性雖然已經長大，但依稀可以看得出來「小萱」的輪廓，這大概是二十多歲時拍攝的，背景是她的房間，可看出女孩生活習慣良好，相片內的房間物件收拾得井然有序，乾淨的櫃子上完全不意外正正擺著那三個小玩具。

「她死後家人清理她的遺物，有部分賣入二手商店，不能保證就是你手中那一組，得送檢驗確認。」虞夏說著手機中一起附過來的消息：「有意思的是，後續打聽到，趙家在小萱媽媽失蹤之後隔年，丈夫結交了女友，並且生了個兒子。」

按照調查來看，趙敏萱在事故發生後的生活並不算如意，回到原本就不太喜歡她性別的老家又失去唯一疼愛自己的媽媽後，她徹底成了那種被很多長輩嫌棄的角色；大學畢業就從那個稍微重男輕女的大家庭搬出去，此後幾乎都是一個人生活，直到生病死亡爲止。

那麼他們在夢境裡遇到的小萱到底是本人呢？或也只是循環的幻影？這點已無從考證了。

唯一可知的是，無論是現世曾活過的那個、抑或夢裡已不在的那個，都始終記得媽媽，永遠希望著與媽媽再會。

而小萱那吉祥物爸爸也在半年前因交通事故死亡。

對這件未解案件很介意的老所長得知後親自走一趟他們家，與那位第二任的妻子深談了一番。

可能是人都死了沒什麼好顧忌或其餘因素，第二任對老所長的非官方問話倒是很坦誠。

陳淑芳失蹤後，這位新任妻子很快搬入趙家，隔年便產下了小兒子，直到法定失蹤年限到了，按程序陳淑芳被申請死亡，她才嫁入趙家。

對於陳淑芳的事情一問三不知，這位第二任馬上坦白了她其實是個小三，對外雖然說是陳淑芳失蹤後才認識的女友，但實際上她與姓趙的之前已經認識好幾年。

第二任原本在零件工廠上班，員工旅遊時意外與姓趙的在樂園中認識，後來斷斷續續聯絡幾次，就這樣談起了異地戀。

「我當時根本不知道他結婚了。」這是那位還活著的妻子說的。當時雙方居住區不同，各自都須上班，所以第二任完全沒有察覺不對勁，約會十之八九也都是男方前去找她。

直到她懷孕、被帶進趙家時，她才知道自己被動做了人家的小三，但都已經有身孕了，加上作業員薪水不高，只憑一人確實沒有把握可以好好養育孩子，於是她嚥下委屈，就這麼待在了那裡。

根據鄰居們的說法，這位新妻子也沒有怎麼苛待前妻的小孩，真要說反而是趙家人對趙敏萱更爲苛刻，趙敏萱本人尤其與趙家人不合，非常討厭自己的爸爸和叔叔，還因爲大學學費與家裡大吵一架，所以才在長大後直接搬離。

「趙家學費一角都沒給那孩子。」知情的老鄰居私下感慨道：「整整四年，學費都小萱自己打工繳的，趙家以爲鄰里不知道，還到處宣傳他們花大錢給個女孩上大學，但大家都知道是怎麼一回事。」

總之這種事情信者恆信，不信者老早和趙家劃清界線。

關於趙家那些事，第二任其實也不是全然不知，更別說是姓趙的那點密事，畢竟枕邊人多年，她有幾次聽到姓趙的半夜作夢時會說一些奇怪的話，大致是我不是故意的，誰教妳要鬧離婚。

一開始以爲他說的是自己，妻子詢問了幾次都無果，被以醒來後根本不記得夢到什麼的理由搪塞過去，她沒多想，直到老所長找上她詢問，這位妻子才猛然驚覺搞不好內情比她想像的可怕。

「就是說那個姓趙的，用工作之便偷偷跟在他們母女後面，一直到進了迷宮不知道用什麼方式把死者騙進監視器死角，然後用吉祥物的服裝將她運送出去。」虞因思索著夢境裡的那些事，覺得可能差不多就是這樣了。

所以到底是什麼深仇大恨，明明他自己也外遇了。

但隨著當事人們都身亡、加上時間過了太久，眞相很可能早已被埋藏在歷史當中了吧。

虞因看了看手臂，上面的小手印幾乎已完全消失，好像它們也聽懂了這些短時間內被儘可能收集來的資料與線索，不再繼續爲難。

「我們會繼續找到更多拼圖的。」虞因摸摸最後一枚消失的小手印，低聲地說：「安心吧。」

不知道在另外一個世界裡，小萱和媽媽重逢了沒？

想著這些的同時，他也想起了在夢裡……看見的溫柔女性。

那是已經很久很久沒有見過、那樣會說話，帶著一點懷念又寵溺的語氣。

如果可以選擇，他其實想在夢裡多留一點時間，雖然那夢很詭異，裡面還有一堆裝滿過去犯人的人面氣球。

但最終，夢依然是夢，他們總是該清醒。

「既然大家都在這邊了，有緣千里來相會，要不然等等我們去聚個餐吧。」嚴司拍了拍手，突然宣布晚一點的團體行程，順帶打斷一些人各自沉浸的思考世界。

其中唯一沒有放假、被這群熟人牽連出差的檢察官默默地看著自己的前室友，感覺對方是個智障，不想搭理他。

「挖出來了！」涵洞那邊的員警們喊著。

原本早該腐壞的骸骨，不可思議地被保存得幾乎算完整，同樣詭異地被一起保存下來的還有一套爛了八、九成的吉祥物裝。

勉強可以辨認的吉祥物腦袋出現在大家面前時，虞因三人有種果然如此的結束感。

小丑模樣的布偶頭裂開來，怪異的模樣與夢中款式相同。

不出意外的話，他們很可能會在這個跨越悠久時間的破敗布偶裡採到某些重要跡證，更順利一點的話，也許還能比對到某些人。

但，都是遲來的真相了。

犯罪者與受害者已經不在，最想知道的人也離開世界。

虞因嘆了口氣，低頭的瞬間看見一個小小的身影站在自己腳邊，小女孩抬起頭露出了微笑。

「你們幫我找到媽媽了。」

「一點都不遲。」

接著身影消散。

手臂上最後的小手印也跟著一起消失。

「妳並沒有被拋棄，只是妳媽媽走失了，但同樣地，妳媽媽也一直在找妳。」

虞因多多少少也想明白了一些事。

五歲小朋友的記憶力其實沒有那麼好，那些更多樣的遊樂設施與遊客們很可能並不出自小萱的記憶，更像是大人對那天的殘留印象。

或許在兩個不同的時空、兩位一直想要重逢的母女，神奇般地經由媒介，用另外一種方式在不可思議的空間裡互相交疊。
小萱要的從來不是眞相與復仇，也非斷斷續續的拼圖。
她想要媽媽。
所以找到「媽媽」後，她走得毫不遲疑。
虞因想了想那家奇怪的店，之後等隔日他再重回巷子，卻再也找不到那家店了。當然，這也是後來的事了。

「大爸，我……」
他想起了在迷宮裡看見的溫柔女性，但張嘴之後卻突然不知道該怎麼說起。
「怎麼了呢？」虞佟彎起笑容看著他。
「不，沒事。」虞因輕快地搖搖頭，話題一轉：「待會我們要去吃什麼呢。」
「你還眞的要去吃嗎？」東風詫異地回頭。
「當然要吃啊，東風小朋友，難道你要當飢餓的逃兵嗎～」嚴司一爪子過來，搭在小孩的肩膀上，果不其然被狠狠甩開。
聿跟在黎子泓和虞夏身後，認眞地聽著警方的推測與更多的趙家陳年情報，一旁還有哆嗦著的玖深，帶著哭喪的臉被抓進去幫忙支援。

一切都很像日常，也不像一般的日常。

虞因好像看見一大一小的兩團影子相偕，逐漸遠離這個「案發現場」。

或許也眞的就是一個夢境吧。

但他想，也是一個難得的夢。

在夢的那端，說不定有些人可以得到永恆美好的安眠，有些人必須爲自己所犯下的「眞實」付出代價。

而眼下的他，眞正的美夢則是在——

「阿因，還站在那裡幹什麼？」

「來了！」

〈案簿錄．今時夢〉完

AKRU 繪

異動之刻✤返時夢

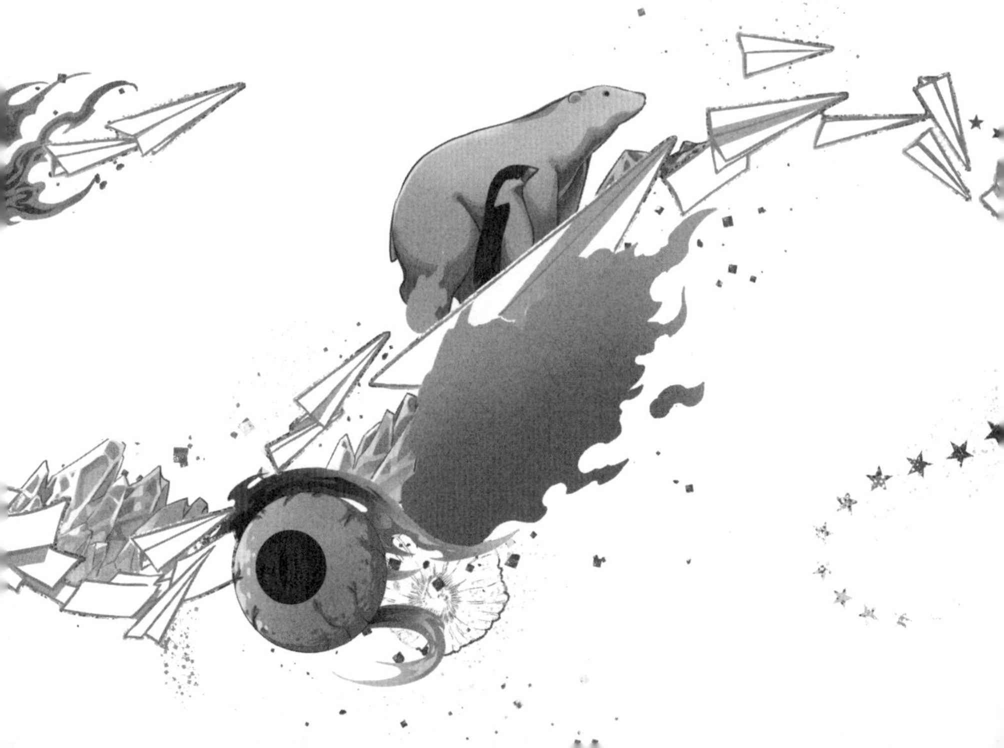

醒……

快醒……

「阿書醒醒！」

司曙猛地睜開眼，意識還未完全回復，先入眼看見的是有些陌生卻又熟悉的教室。

似乎是黃昏的橘黃色光芒覆蓋了整個空蕩蕩的教室空間，被璀璨光色籠罩的空氣裡有著上下游動的亮晶晶細小浮塵。

教室？

昏昏沉沉地過了數秒，他才反應過來這是放學後的教室，不知道爲什麼，他竟然在教室裡睡著了，原本這時間應該先把學校裡的資源回收整理好，接著去約好的店家那邊收取回收物，浪費太多時間了！

沒什麼觀賞教室亮晶晶的心情，司曙瞬間清醒過來，立刻扯起書包背帶，像是被什麼追趕一樣衝出教室，差點撞上迎面過來的人。

來人也被這股衝勢驚得怔了下，接著噗哧一聲，單手搭在他的肩膀上把他扶好，眼睛彎彎的、帶著笑音。「阿書你怎麼了？」

司曙抬起頭，面前的人不知為何給他一種莫名其妙的違和感，但更多的是熟悉，五官眉眼熟到懶得多看的那種，即使對方因為這張好看的臉獲得許多女同學的青睞，對他來說只覺看得很麻痺。「……暮？」

穿著高中制服的少年長髮束在腦後，看起來有著謎之朝氣，帥氣又鋒利的面容露出愉悅的不明笑意。「你太久了，不是說要一起回家嗎？我只好進來找你。」

「一起……回家？」司曙不曉得為什麼有點反應不過來，但他抬起手時，看見的是國中制服，合身、嶄新，完全沒點破舊，也不是從別人那裡繼承來的半舊不新服裝。

很奇怪。

說不上來。

「對了，回收物……」司曙剛開口，又被奇怪的違和感打斷。

他，為什麼需要回收物？

隱隱約約，熟悉的記憶告訴他家裡根本不缺錢，他為什麼會有必須整理學校回收物及和店家約好要收東西的怪異記憶？

重點是，他覺得這些記憶和反應滿熟悉的，活像他本來就應該這麼做。

反而不缺錢的想法讓他渾身不適。

「回收？」暮微微歪頭，有點不解，問出了司曙腦袋裡感到有些錯亂的事：「阿書要回收物嗎？爲什麼呢？」

「我也不知道。」司曙很乾脆地回答。

他現在腦內是滿分裂的想法：一是家裡有錢，不須要、也沒有做過須要賺錢的事；二是須要認眞努力賺錢存錢，課餘時間也要爲生存揮汗。

而腦中直覺答案應該是二，這讓整個認知更加割裂了。

快速判斷詭異認知有問題後，他暫時沒有在臉上表現出來，而是安安靜靜地繼續觀察下去，說不定眞的只是睡糊塗有點腦袋錯亂吧。

「喔，那我們回家吧。」暮倒也沒太多反應，弟弟說的都是對的，所以他不知道要回收物做什麼，就是不知道。「阿書如果想要紙板，可以路上撿。」

「……爲什麼是紙板？」司曙差點就點頭說好了，脫口前及時煞車改換問句。

「我也不知道。」暮突然笑起來，這句話弟弟剛剛才講過，他重複一次，滿有趣的。

「算了，先回去吧。」司曙看著外面的天色已經脫離金黃、逐漸變暗，讓教室跟著變成了另一種像是夜間版的異世界空間。

不知爲何他好像對這樣的學校有點怪異的不適情緒，但說不上來，於是帶著書包快速離開教室，暮立即跟上，悠哉地晃在一邊。

司曙突然意識到哪裡不太對，平常就算他眞的累了小睡一下，邱隸應該也會叫醒他。

但邱隸……人呢？

那傢伙不會隨便就把他扔在教室裡吧？

猛一回過神，看見暮走得有點遠了，手上拿著相機正在咔嚓咔嚓，不曉得在拍什麼吸引他注意力的東西，非常專注沉浸地看向那小小的鏡頭。

接著暮回過頭，突然朝他小跑步，抬手搭上他的肩膀，「阿書、阿書，笑一個！」咔嚓聲響起。

「你是女高中生嗎這麼喜歡自拍。」司曙沒好氣地打掉這傢伙的手，然而卻看見比自己高幾個年級的暮很認眞地點了點頭。

「嗯，因爲可以拍很多東西。」暮又咔嚓咔嚓了幾張，拍個滿足後才繼續說道：「這裡有很多沒有看過的畫面，也有沒看過的阿書。」

「什麼沒看過的我？」司曙疑惑地看著又走遠的暮。

暮沒有回答，只是盯著路過的叭噗車看。

「想吃就買啊？」不知道這傢伙又盯著某樣東西不動作幹啥，總之司曙快步跑過去，喊住叭噗車。夕陽只剩最後一片餘暉，停在街邊正要回家的叭噗阿伯幫他們蓋了兩支大大的混合雙球，還誇獎暮長得很好看，以後會是大帥哥。

「弟弟現在很常買東西給我。」暮接過超大支的叭噗，咔嚓拍好照，咬了一口，舔舔唇，像貓一樣瞇起愉悅的眼睛。

因爲對方不時就會蹦出莫名其妙的話，司曙也沒放在心上，慢慢地舔著冰淇淋，兩人並肩在逐漸亮起的路燈照耀下往回家的方向走。

因爲是要收攤的叭噗，冰淇淋已經稍軟、有點融，混合口味的冰混著某種奶粉味與淡淡的芋頭味，可以吃得出來是自製的冰品，不會太甜膩，也沒有刻意將顏色弄得很鮮豔，意外地味道還算不錯，甚至有點讓人懷念。

以前阿公來接他放學時，偶爾有點閒錢也會買，雖然他滿開心的，但通常會唸阿公不要亂花錢，於是買的頻率就低了。

或許是巧合吧，這冰的口味竟然與阿公以前買的有點相似。

又或者其實叭噗差不多都是這種味道，久久沒吃才會出現這種懷念感。

司曙又捲走一口冰涼，在心裡感慨。

「我還沒看過這個時候，可以待久一點嗎？」暮吃掉一球冰淇淋，用手比劃了一下兩人，有點期待地說：「人類的制服有點醜，不過這和阿書以後穿的一樣，另外我想吃你說的鹹酥雞、雞蛋糕、肉圓……還有奇奇怪怪的小攤位。」

「你打算不吃晚餐，吃一堆零食嗎。」司曙有點無言。

「那也是飯啊。」暮拿著叭噗歪頭，眨眨眼，「吃得飽的就是飯，嚐嚐味道的東西不會吃飽。而且……阿書今天可能不用做飯吧。」

司曙眞的覺得這傢伙今天怪到無法言喻。

然後他停下腳步。

不是因爲要講什麼吐槽的話，而是一盞盞夜燈中，與他們相隔三支距離的那根電線桿的倒影裡，多了一個吊掛在上頭的搖晃黑影。

「……」

他加快了吃叭噗的動作。

司曙把最後一口餅皮塞進嘴裡時，黑影也停止晃動。

咔嚓。

暮在旁邊拍完少年的側臉後，心滿意足地把相機好好收起來。

他還眞沒拍過國中弟弟吃冰的模樣。

「這又是啥玩意？」司曙抬頭，路燈本體上沒東西，但地面影子裡卻掛著一條，說有多礙眼就有多礙眼。

「可能是你們說的鬼吧？」暮跟著看了看，不以爲然地嗤笑。「存在感很低，好像跑掉了，這是殘影，不過就是個投影小垃圾，不管也無所謂。」

「你突然能通靈了嗎。」因爲過於無言，司曙乾脆跟著冷笑兩聲，但地上的倒影確實逐漸黯淡，似乎眞的「跑」了。

雖說有點在意，但潛意識裡眞有感覺到如暮所說，這種等級的小雜碎不用搭理。

……所以說，到底是哪來的感覺和自信？

「現在我們有時間可以去買肉圓和鹹酥雞了吧。」暮確認了那玩意眞的跑得老遠，彎起愉快的笑容，好像一點都沒發現司曙若有所思的表情似地，逕自提出要求。「還有夜市，你說過的夜市。」

「你還逛不膩嗎？明明去過很多種……」司曙停頓了半秒。

去過很多種什麼？

自己去過的夜市應該很少，只有住家附近的幾個才對，畢竟是國中生、年齡不算很大，他記得自己很少隨意亂跑，更別說其實去夜市的目的可能並不是要買東西。

那麼下意識感覺他們去過成千上萬個又是怎麼回事？

違和感越來越重。

但最後還是抵擋不了暮的要求，他們漫步走去最近的小夜市，買了幾袋食物，某傢伙不斷掏錢又各種拍拍拍的行爲讓司曙有點胃痛，一路上看他的眼神就像在看個亂花錢的小屁孩。

享受購物快樂的暮壓根沒在意弟弟對花錢如流水的目光指控，一如往常東買買西買買，覺得喜歡的都買下來，當然還要拍好拍滿拍到底。於是回家時就是大包小包，以及兩人渾身的滿滿夜市綜合食物味。

家門一開，迎面而來的就是撲鼻菜香。

司曙有點出神地怔了下，自從他阿公升天……啊呸，他阿公跑去環遊世界，除了偶爾會給他寄幾張明信片和紀念品以外，家裡已經很少開伙。

然而走進客廳放好書包後，他赫然看見和暮同樣穿著高中制服的年輕男孩正提著一袋水果進入飯廳，白皙的手腕上甚至還戴著一條編織手鍊，好像是阿公寄回來的奇怪紀念品。

「……紙侍？」這還眞的讓人很驚訝，不知道爲什麼，司曙總覺得好像是第一次看到對方穿接近普通人的服裝，有種莫名眼睛一亮的感覺，但同時也有不太對勁的怪異感。

「嗯。」紙侍點點頭，目光停在兩人手上的大包小包，沒發表任何意見，語氣平靜地開口：「要吃飯了。」

「暮說他可以吃完。」司曙馬上把鍋砸回始作俑者。

「對，我可以吃完。」暮跟著點頭。

紙侍並不想搭理他們，繼續往飯廳走。

兩人只好繼續提著大包小包跟著進飯廳，果然已經有一桌熱騰騰的飯菜和湯正在等待他們。這時廚房有人探出頭，對紙侍說道：「要切的水果呢？」

「曦？」司曙又愣了愣，對方穿著白襯衫，看著好像是某種白領菁英，但因爲煮飯的關係現在身上還搭一件圍裙，看起來謎之人妻。

喔對……好像眞的是辦公室菁英。

隱約記起來曦正在什麼大公司當執行長，年紀輕輕就幹掉無數比他老的前輩，職場上風聲鶴唳，下班西裝一脫瞬間人妻，畫風扭曲，下屬和被做掉的對手看到可能會嚇到心肌梗塞。

遙記多年前，這位好像學生時期非常單純善良，誰知出社會直接大魔王，六親不認，師長同學照樣下手，簡直物種進化、超進化。

而狂虐他人的本人還以此爲樂，絲毫不認爲哪裡有問題，畢業後直接打開開關、完全放飛。

「洗手吃飯囉。」曦微微一笑，沒有對暮採買了一大堆小吃表示什麼意見，似乎已經很習慣對方這種行爲，還拿了幾個盤子讓他們自己裝，隨後接過紙侍提來的水果，轉回去切起來，甚至順手雕花，然後放進冷藏，做完所有後，一邊取下圍裙一邊走來。

這餐很豐盛，原本做的是五菜一湯，加上夜市小吃就更多了。

不過四人裡面有三人正處於瘋狂發育期，因此看上去雖然很多，但對幾人來說都還在可消化的範圍內，頂多就是吃撐了點。

紙侍吃飯時很安靜，偶爾會從夜市小吃裡挾出一、兩塊烤肉配飯。

相較之下，暮很容易展開各種對話，有時候說幾句他覺得有趣的東西，有時候挾他覺得好吃的東西放到司曙和曦的碗裡面，還會掏出不知道被他放在哪裡的相機咔嚓咔嚓。

司曙和曦就像一般人中規中矩地吃吃喝喝，沒有特別誇張，也沒有什麼禁止他人怎樣的餐桌規則，只是偶爾會抬手擋一下某人越來越頻繁地抓拍。

「吃個飯有什麼好拍的啊，天天都在吃三餐還拍不膩嗎。」不知道擋了第幾次鏡頭，司曙無奈地看著意猶未盡的暮，完全無法理解他對拍攝的奇怪狂熱。

「不膩啊。」暮從相機螢幕抬起頭，露出微妙的笑意，說：「而且說不定拿不走呢，真可惜。」

「……？」司曙聽著對方又開始奇奇怪怪的感嘆，只能無言地叫他快點認眞吃飯，不要東玩西玩了。

「噢。」

暮終於乖乖地吃飯了。

飯後，幾人在客廳圍坐一起寫作業，當然曦是在一邊看他的公文，而暮不要臉地把桌上的作業推給司曙。

「……我才國中。」司曙無語地給對方一記白眼，竟然想把高中生的作業推給一個國中生，這合理嗎？

「那不要寫吧。」暮很無賴地趴在桌上。「你們都不用寫，反正交了也不會比較好。」

「說啥啊。」司曙沒好氣地把功課推回去。

不知道哪來的一隻黑螞蟻在課本推走之後被曝光身影，緩緩沿著桌面走，走著走著被突然戳過來的筆尖擋住路徑，牠轉向，又被戳住前路，最後被逼得轉來轉去、轉來轉去。

攔路筆尖抬起時，螞蟻往前爬，完全看不見上頭的筆尖正精準地往牠的腦袋落下。

咚的一聲，桌邊另外三人同時抬起頭。

暮笑吟吟地看著其他人，完全沒有用筆尖磨爛螞蟻腦袋的自覺。「牠好弱，所以死了。」

紙侍與曦再次低頭做自己的事，司曙則往暮的腦袋拍了一下。「是因爲你想牠死，所以才死的。」

「噢。」暮把爆頭的螞蟻屍體彈開，然後歪頭盯著司曙看了半晌。「我喜歡你的眼睛。」

「快寫作業。」司曙有點心累，用筆桿敲敲對方的作業本，上面只有一堆塗鴉。明明對方才是高中生，結果腦殼裡的東西比他還屁孩。

「好吧，弟弟說的話要聽。」暮勉強振作，單手撐著下頷，開始新一輪鬼畫符，咕噥地低聲抱怨：「即使沒用，但我還是有聽弟弟的話。」

司曙都懶得糾正這傢伙了，反正表面看上去有在做事，作業本也有填空就好，到學校挨罵的又不是他。

過了一會兒，曦看大家寫得差不多了，就端來飯後水果。

三種水果交叉擺盤，被雕成很多可愛的小動物，感覺一盤要價五百。

司曙一邊想著哪天曦不幹辦公室人道銷毀工作的話，還可以去賣造型水果，可能也會賺錢。

這天看似很尋常，就像無數同樣的日常生活。

曦一邊交代大家檢查作業、洗澡和乖乖睡覺，一邊端著盤子去做飯後清潔工作。

暮還賴在沙發上東滾西滾，不時會把相機拿出來看，小螢幕裡都是累積下來的各種奇奇怪怪的相片。

紙侍幫司曙看了一會兒作業，確定沒有寫錯後遞回給他，然後安安靜靜回自己房間了。

司曙站起身，提著書包也打算回房間休息。

「阿書。」暮突然停下翻閱照片的動作，偏過頭看他：「睡覺時候不要開窗喔。」

「……？」

「還是你要和我一起睡？」停下手邊動作，高中生興致勃勃地又抬起腦袋。

「不要。」司曙迅速秒答。

「哼！」

司曙滿頭問號，但沙發上的傢伙已經扭頭繼續看自己的了。

✦✦✦

快醒醒……

「耳朵浸水了嗎？」

剛洗完澡，司曙總覺得好像一直聽見什麼嗡嗡嗡的聲響，彷彿透過一層水膜，又像某種遙遠的回音，在耳郭邊緣纏繞著。

所以他拍拍腦殼，試圖讓耳朵裡的水出來。

結果沒水。

沐浴後的熱氣還未完全消散，脖頸處仍有點熱呼呼的感覺，髮梢的水珠不時滴落兩滴，沿著領口又微微滲濕衣領。

司曙拉起毛巾揉著濕漉漉的腦袋，眼角瞥見半敞的窗戶，他習慣平時開著點縫口換氣透風，現在颳進來的風絲不知爲何稍微帶點濕潤的土腥味，可能是附近誰家在修整花圃傳來的味道。

暮的那句話有點奇怪。

雖說他平常說話就怪怪的，不過剛剛那句莫名有種「好像應該這麼做」、讓人在意的感覺。

嘖了聲，他把毛巾甩回脖子，走過去把窗戶關好、鎖緊，破天荒地打開浪費錢的空調。

再回過頭時，目光倏地對上了蹲在窗外的黑色玩意。

約莫五、六歲孩童的大小，一小團呈現蹲姿，完全看不清五官輪廓，屋內光源絲毫照不出這「東西」的眞正模樣。

這並不是他窗台上的蔥薑蒜盆栽。

……所以說他的蔥薑蒜呢？

被踢下去了嗎喂！

司曙沒有被突然出現的黑影嚇到，但直接爆青筋。

偏偏這混帳的不速之客一點也沒意識到他的憤怒，像惡作劇的死小孩般砰的一聲往他窗戶上拍，聲音聽起來一點也不友善，接二連三地砰砰砰個不停。

好的，更讓人憤怒了呢。

他直接哐地一下拉開窗戶，外頭黑影本來還想繼續拍，大概沒想到對方會開得如此爽快，抬起的手突然卡頓。

「很快樂嘛。」司曙露出冷冷的微笑，一把掐住這玩意的小脖子提起。「所以我的蔥薑蒜呢？」

陽台上空蕩蕩，沒有蔥薑蒜生前的身影。

黑影發出一陣吱吱吱的奇怪聲音，手腳胡亂揮舞，但微妙的是並沒有做出實質傷害。

……不對，其實還是有，他的辛香料盆栽受到嚴重傷害了。

司曙面無表情地看著正在抽搐亂抖的怪東西，手感有點膠質，拽起來時身體直接拉長，瘋狂舞動了半天依舊沒有接觸到自己，武力值出乎意料很低，簡直像某種怪物垃圾，威脅度小到一點都不可怕。

「盆栽給我撿回來，不然就死。」

司曙收緊手指，黑影繼續叫個不停，這次聽起來比較像驚恐，接著這玩意的「手」突然往下拉長，像滴落的凝膠藕斷絲連地接在臂膀，手掌端在下方窸窸窣窣了半晌後，終於抖抖抖地先抱上來已經倒掉一半土的盆栽，裡面的綠苗灰頭土臉，隨時會掛。

膠狀手來回上下幾次，終於把一排大大小小的盆栽撿回來，還從高到矮排列整齊，只是不復從前的綠意盎然，受到一輪高空墜落的悲慘摧殘後，每盆看上去都很倒楣。

大概感受到來自脖子的壓力，黑影停頓了幾秒，乖乖地又去撿土，重新填滿盆栽。

雖然不太滿意，但司曙還是鬆開手，黑影吱了很大一聲，秒弓身彈射出去，逃得超級倉促。

「再來就把你弄死。」

司曙哐的聲，重新關上窗戶。

——在國中生看不見的地方。

逃亡的黑影快要跨越透天厝圍牆之際，一股拉力把它「定」在牆頭上，打斷它逃出生天的最後路線。

蹲在圍牆的少年支著下巴，另手拿著筆，筆尖在黑影圓圓的腦袋上劃啊劃的，伴隨著一股銳利的力量氣息，每劃一下都在黑色凝膠表面盪出一絲液態狀的微凹形狀。「所以說，這麼弱還敢跑出來丟人現眼，死了活該吧。」

穿著家居服的暮歪頭，仍然很不理解這些超弱的小東西怎會有臉來挑戰它們敵不過的巨大存在呢。

即使某些人沒有正常的記憶或平日肅殺的手段，但刻在身體乃至靈魂的本能並不會消失，有歷經各種世界、身經百戰的閱歷，他們依舊可以在無意識裡排除負面影響與威脅，普通攻擊壓根起不了作用。

這也是他發現一堆小垃圾在周邊徘徊，卻沒有刻意做其他防範的原因。畢竟根本傷不了弟弟，無論任何時候，弟弟都很強大，他不怎麼擔心弟弟的安危。

「你入侵這裡，所以我想要你死，你就會死。」筆尖微微下壓，暮勾起唇：「本來是好玩的地方，阿書看起來也很可愛，但是你們打擾了遊戲，引起他的警戒，時間大幅縮短了，爲了抵罪，看起來你就只能去死。」

黑影瑟瑟發抖地縮成一團。它的腦袋很簡單，可以深思的問題不多，但本能瘋狂地尖叫，叫著必須快點逃出這個恐怖的地方，放棄所有人形養料，跑！

可惜就算已意識到危險，最終還是無法從危險中逃脫出去。

暮站起身，把黑影踩在腳下。

吱吱吱的怪異掙扎聲響在鞋底與圍牆之間卑微地傳來

圍牆之外，被黑夜籠罩的城市原本應該燈火通明，逐漸開始點亮與白日不同的夜間生活，可能還會有三兩沒回家的人在路上走動，遠處也許有著晚間賣臭豆腐的移動餐車叫賣聲，或者機車呼嘯而過。

然而在暮的眼裡，圍牆外只剩下徹底的「黑」，濃墨般的純黑，與正常夜色完全不同，把該有的街景整個吞沒了；在黑暗裡還有許多像這小玩意的東西正在蠢蠢欲動，卻又忌憚著那股似有若無的恐怖壓迫感而不敢往前撲。

「阿書睡得很沉呢。」暮輕輕一踩腳，黑影直接碎化成粉塵，連最後一點哀號都來不及發出便消散在異常的夜間空氣裡，同時踩碎它的人則是從高中生的模樣慢慢縮得更小一點，最終停在國中生的身形。「果然還是一起玩比較好，一起上課吃飯和放學。」

說著，他點點頭，並有點後悔應該一開始就這麼做。

黑暗裡的「東西」向後蜷縮。

原先的街坊鄰居逐漸顯露出來，閃爍的夜燈一盞盞被點亮，去超商買菸的人毫無知覺地散步在街道上。

周遭飄來了夜間的混雜氣味。

暮冷眼望著「恢復」的街道，像在看無生機的某種玩具，除了他以外，不管誰都沒有發現剛剛的異狀，甚至沒發現他變小的身形。

樓上的窗戶又哐的聲被打開。

「暮你在幹嘛！」

喔，弟弟的喊聲。

暮回過頭，朝上面的司曙揮揮手。

「還不快點去睡覺！」

樓上的人突然停頓了下，有點狐疑地盯著他看了一會兒，但似乎又看不出來哪裡有問題，只好繼續說：「你明天又賴床的話，我就不叫你了！」

「我要睡了！」暮從圍牆上跳下來，三兩步地蹦過庭院，跑回屋裡，快樂地嚷嚷。

「阿書明天要叫我！」

✦✦✦

司曙雖然覺得大半夜不睡跑去爬圍牆的小屁孩搞事，應該要給他一個睡過頭的教訓。但在早晨來臨時，還是認命地打開房門，把被窩裡的傢伙挖出來。

「起床了……咦？」

昨天有這麼小嗎？

司曙看著睡眼惺忪的國中生，疑惑了兩秒，總覺得尺寸好像哪裡怪怪的，但看不出所以然來，於是拽住對方的肩膀左右搖晃。「起床了！快起床！」

「嚎……」暮點了一下頭，又垂下腦袋想鑽回被窩裡。

「不要睡了！」把人攔腰抓出來，踢進浴室，司曙打開衣櫥，把燙好的制服拿出來——又是嶄新到怪異的國中制服，看起來好像沒有穿過幾次。「……？」

真的，非常非常奇怪。

他隱約好像察覺到不太對勁之處，說不定沿著縫隙摸索，能撕開那層怪異處。

還沒付諸行動，司曙又被聲響打斷。

暮搖搖晃晃走出來，滿臉沒睡飽的迷糊模樣，理所當然地伸長手等著被換衣服。

「自己穿啦。」司曙沒好氣地把衣服丟在對方臉上，然後尋找被亂丟的梳子，等人穿好衣服之後，按著他的腦袋把亂七八糟的長髮梳順、簡單綁好，拍了一下還在打瞌睡傢伙的後腦。「拿書包吃早餐！」

「喔。」暮點點頭，跟在弟弟後頭下樓。

樓下，高中生的紙侍正在擺早餐盤，穿著襯衫與圍裙的曦把最後一個荷包蛋放進盤子。兩人看見暮的同時都愣了愣，但又像是什麼也沒發生過似地繼續手邊工作。

看似一個非常普通的早晨。

司曙接過牛奶，還來不及喝，腦門瞬間傳來一陣刺痛。

恍神與眩暈中，他扭曲的視線隱約看見幾個輪廓……熟悉的身形環繞在周邊，但想要仔細辨認，這些影影綽綽的影子越來越遠，又逐漸模糊。

「阿書？」旁邊有人按住他的肩膀。

司曙扶著額頭抬眼，猛地有種錯覺，面前的暮似乎與其中一道身影重疊。

但他不太確定。

暮抬手，揉了揉司曙的腦袋，彎起乾淨的微笑。「怎麼了嗎？」

「……沒事。」雖然司曙覺得從昨天開始好像有很多怪異的事，但又彷彿只是他的錯覺。喔，昨天弄掉他蔥薑蒜的那玩意應該不是錯覺，因爲早上起床時那些植物還是髒髒的，讓他一大早直接被氣到清醒，花了好一番工夫把盆栽全都整理過。

接著他轉頭，就看見紙侍和曦也盯著他看。「……眞的沒事。」

另外兩人點點頭，繼續吃早餐。

越來越奇怪了。

吃飽後司曙和暮一起去上課。

暮的位子就在他旁邊，上課時還是那副懶懶的死相，幸好老師們大概習慣了，連點都懶，居然讓這傢伙趴在桌上擺爛，轉筆或用筆戳桌子度過了上午的課。

司曙看著這傢伙不知道從哪裡戳出來一隻黑螞蟻，倒楣的螞蟻在筆尖之間大概轉了一百多圈，直到第四節下課鐘響、準備午餐時，跟著鐘聲一起升天。

「你和螞蟻到底有什麼冤仇。」司曙邊收課本，邊無言地看著旁邊的傢伙把掛掉的螞蟻彈開。要跟他說不要隨便虐待小動物，大概會收到一堆不知道爲什麼不行的奇怪反問。

「沒有，只是牠太弱。」暮爬起來，有點期待地開口：「今天營養午餐是什麼？」他還沒和阿書一起吃過學校的營養午餐。

「不知道，不過大概就是那些吧。」司曙頓了頓，有點遲疑。

他記得他以前有收過營養午餐的補助，但有時候沒有，就會自帶便當。

可是現在又記得他和暮一直都是吃營養午餐。

……所以說那個邱隸呢？今天請假嗎？

爲什麼他會覺得平常在旁邊嘰嘰喳喳的人應該是他？

原本有點安靜的教室開始喧鬧起來，笑笑鬧鬧地說著今天大概有什麼好吃的，或者說課堂上發生什麼。

這些對司曙來說還算日常，但莫名感到是種很久遠前的日常。

而暮笑嘻嘻的，像是遇到什麼新鮮事物的期待笑容，興致勃勃地看著周遭學生，不斷聽他們談論那些無趣的事，然後轉頭看向一旁的司曙：「所以我們也來猜猜午餐的菜色？」

「不想猜。」司曙對這些很無感。

「那阿書喜歡吃營養午餐的哪些東西？」暮支著下巴，筆尖又找到一隻黑色螞蟻，戳來戳去。

「都還行吧。」司曙想了半晌，發現真的不太期待，也沒有回憶起有哪些是特別喜歡吃的，這時期他多半只要可以填飽肚子就好。

「嗯～那我想吃看看營養午餐裡面的蒸蛋。」筆尖戳了一下黑螞蟻的腳，小玩意往旁邊彈，然後又撞上筆尖。「至少吃一點蒸蛋看看。」

司曙又感覺腦袋傳來陣陣刺痛。

這時營養午餐已經被同學們抬進來了，正在找螞蟻麻煩的暮一把按住要起身的司曙，拿了兩人的餐盤快樂地跑去排隊。

司曙緩慢地看著教室內的畫面。

很不真實。

而且他一直覺得少了什麼。

少了一個人？

或是少了很多人？

還是……多了人？

「小鬼。」

身後突然有人拍了一下司曙的肩膀，他猛然回頭，只看見一抹很淡的影子消散在空氣裡。

那又是誰？

司曙怔怔地看著空氣。

啊，原來是這樣的把戲啊。

「阿書，你看有蒸蛋。」

暮端著兩個餐盤走回來，其中一個大半都裝了蒸蛋，滑嫩Q彈、散發著微微的柴魚香，另一個則是很正常的四菜與綠豆湯。

「看起來很好吃。」暮把餐盤放在桌上，心情很好地說著。

司曙看著對方吃了口蒸蛋，暗暗嘆了口氣，於是拿起筷子也跟著慢慢吃起營養午餐。蒸蛋、兩種青菜、糖醋雞丁。

不得不說，味道其實還不錯，但也真的是太不錯了，這輩子國中時在學校沒吃過這麼好吃的午餐，簡直像是專業餐廳大廚烹調的，完全反映出暮的期待。

他把雞丁挾給暮，後者看了他一眼，很愉快地大口吃掉，並且吃得很滿足，開心得像是完成某種願望清單。

午餐時間很短暫。

兩人的餐盤沒多久便被清空。

「還有什麼想做的嗎？」司曙按了按仍有點刺痛的太陽穴。

「嗯～還有很多想做的，可是阿書想回去了吧。」暮笑了笑，「沒關係，我已經體驗過國中生的阿書和營養午餐，還逛了夜市。」

司曙原本想說時間流速不一樣，如果真的很想再逛逛，也不急著馬上走，但對方很懂事，沒有表現出想要強留的樣子，於是他點點頭。

「好。」

隨著話語落定。下一瞬，原本吵嚷的教室倏然死寂，連教室外的聲音都被吞噬，像是整座校園被切割到不同的空間。

教室內的學生整齊地一致轉過頭，面無表情地看著他們兩人，原先各自不同的五官出現了模糊感，一個個逐漸看不清楚。接著黑色的細絲線從他們眼睛處落下，慢慢浸染全身。

「只有我們兩個嗎？」司曙回憶起家裡那違和的高中生紙侍和菁英版的曦，嘖了聲。不得不說他們意外地很適合穿這些服裝……改天可以讓大家試試COS各行各業看看，搞不好某吸血鬼可以嘗試夜店風。

一想到七彩霓虹燈，司曙不自覺勾了下嘴角。

「對啊。」暮完全不把周邊漸漸包圍他們的異常放在眼裡，手指按死了又爬到桌上的黑螞蟻，這次黑螞蟻在桌面留下一灘黑水，緩緩蒸發成氣體，消散在空氣中。

司曙閉了閉眼，再睜開時，原先深褐色的眼瞳轉成綠色。

周遭同學一個個開始「融化」，在地上化成灘灘閃著黯淡光澤的黑水。

黑水像是有意識般蠕動、融合，彼此糾纏拉扯，發出讓人很不適的聲響。

無論是司曙或者暮都沒有打斷這玩意重組的行動，兩人非常悠閒地坐在旁邊看熱鬧，等候ＢＯＳＳ的成長之路。

很快地，一具撞到天花板的膠狀黑影在教室中央拔起，黑色黏液在他身上不斷翻湧，有種萬蟲攢動感，視覺上讓人很不舒服。

這東西沒有五官，僅有一坨黑色的腦袋。

巨型黑人揮動手臂，直接朝司曙與暮拍下。

兩人並沒有躲開，暮悠哉地站起身，一腳踢翻桌子，桌子把迎面而來的手掌狠狠彈開，隨著一聲沉重砰響，巨人彷彿遭什麼強悍力量撞擊般倒退了兩、三步，撞上教室另一邊的牆壁。

「眞弱。」

暮露出疑惑的表情，轉向弟弟求教：「所以爲什麼這麼弱的東西要跑出來？求殺嗎？」

「……」

眞的不能怪他玩啊，這些東西就很沒自覺。

司曙給他六個點。

「算了，讓他們求死得死吧。」

暮彎起笑容。

✦✦✦

眼前的「世界」開始發黑、扭曲。

司曙想起來到底發生什麼事了。

他和暮、紙侍偶然經過一個與地球極像、也是由人類佔據大半的星球世界時，發現這地方的世界排斥感並不高，便駐足停了一段時間。

因為生活環境與他所知的「曾經」很相似，所以司曙不免感慨了幾句，之後三人腳一轉，直接去了最大的嘉年華園遊會玩耍。

充滿熱情活力的街道上有著各式各樣的店鋪，幾乎讓人有種在原本世界逛街的錯覺，甚至還找到了好幾樣接近完全相同的食物，例如雞蛋糕、鹹酥雞之類的。

其實這樣的世界並不少見，他們踏足的世界太多了，雖然不會一模一樣，但有些世界相當「雷同」，發展軌跡有個七、八分相似，更別提逼近百分之九十九相符的平行世界。

如果世界意識對他們的排斥感不高，司曙通常很樂意多留一段時間，畢竟他本來是人類，住起來舒服，偶爾也會幫忙做點事情反饋這些世界的容忍，例如推進發展、修復破壞等等諸如此類。

趁紙侍去採買一些必需品時，司曙和暮就一起看看當地土產，在幾條商店街走走逛逛，最後他們看見一家無招牌的店面。

吸引他們的是，雖然這家店沒有招牌，卻透出很熟悉的力量感，彷彿來自過去的地球，又或者來自他們的故鄉。

司曙和暮自然而然走進這家小店。

店門推開時，一股帶點木頭與草藥的奇特氣味撲面而來，讓人瞬間精神清明，渾身放鬆。

裡頭空間不大但也不算小，目測可能將近百坪，隨處堆滿看起來有些年代的櫃子與木架，分別展示著各種奇奇怪怪的擺飾、不明小物等等大大小小的物件，較大的櫥窗內則有詭異的娃娃或鎧甲、兵器。

看起來很類似某種家飾精品店——至少在一般人眼中應該是這樣。

而在兩人眼中看來，店內果然布滿各式各樣怪異的術法與力量，除了常見的世界元素外，還有詭異、很可能不是這世界的「時空」、「法則」等細微存在，四處都閃爍著術法結構的微光，連轉角處偶爾都會不經意滑過亮晶晶的光絲。

兩人走多了各種世界，對於這些力量還算敏銳。看得多，輕易便能辨認術式作用，畢竟不管哪個世界，只要搞清楚其中的規則與結構，多半都是大同小異。

他們倆稍微辨認，很快發現店內大多物品上都有一種「緣分」型的自然術法。

就是要與物件有「緣分」，人們才會看見，但因爲他和暮過強，尤其是他，所以店內的物品與術法倒是一覽無遺。

換成一般人，大概看見的就是東西很少、空空蕩蕩的貨架。

司曙從一個被他盯太久、悄悄想逃跑的小雪人擺件上頭收回視線。

可以確認的是店主必定很強，因爲陳列的東西可不只一個世界或一段時間，加上那些非本界的時空術法，極高機率是和他們相同的「界外旅行者」，將從不同的世界蒐羅來、形形色色的物品擺放在此處。

眞好奇對方爲何可以停留這麼久。

「界外旅行者」通常有個特點，就是很容易被世界「排除」，畢竟不是這世界的存在，所以「規則」通常會將外來入侵者擠出去。

既然對方有店，那停留的時間就不短。

「眞好奇……」

一眼望去，司曙並沒有看見與自己有「緣分」或「關係」的東西，但這種店不是隨便就能進的，店門永遠只會向有緣者開啓，所以……他把目光放到很好奇、正在左摸右摸的暮身上。

暮仍是少年模樣，有點矮，這時候正盯著與他視線高度一樣的一個小盒子看。

盒子標價不高，但也不低，須用一些特殊材料交換，正好他們的貯存空間裡面有。

司曙把材料放到櫃台，暮把盒子拿下來。

下秒，他們就站在店外，周圍依舊是歡慶的熱鬧氣氛，活力四射的音樂和舞蹈，隨處是即時起舞慶祝的人類，而那家店早就不見了，原本的位置變成咖啡店。

暮端著巴掌大的小盒子看了半晌，突然露出恍然大悟的表情。

「是什麼？」司曙問道。

「是夢。」暮說著，打開盒子，瞬間閉上眼往後倒。

司曙下意識接住人。

再醒來時，他看見的是無人的教室。

黃昏的橘黃色光芒覆蓋了整個空蕩蕩的教室空間，被璀璨光色籠罩的空氣裡有著上下游動的亮晶晶細小浮塵。

黃昏的空教室。

✦✦✦

「是夢。」

一想起緣由，司曙的身形就開始抽高，不再是國中生的樣子，而是旅途中的模樣，服裝也從制服重組回他經常穿的那身，屬於他的力量穿過夢境，重新覆蓋到身上。

強盛的氣流一起，沖開想悄悄爬近他們的幾束黑色絲線。

「是很有趣的夢。」暮一掌拍開又想衝過來的巨人，這玩意直接撞上牆壁，把整面牆撞破、繼續往後飛，撞破女兒牆掉到教學大樓的中庭發出巨響。

「是吃你慾望的夢吧。」無言地看著對方，司曙輕飄飄地跳上陽台，下落時，空間瞬間被切開，畫面變爲「自家」透天厝。

「紙侍」與「曦」不在屋內，不知道眞的是被夢境安排了日常，還是純粹因勘破眞相後蒸發。

說眞的，如果不是懶得繼續待在這種虛假環境，看看他們兩個截然不同的面貌也滿有意思。

思及此，他又看了眼暮，就是沒想到這傢伙的「夢」會這麼平淡無奇。

午餐？

夜市？

遊走不同星球時，這小子還沒吃夠玩夠嗎，連夢裡都想來一輪。

圍牆外，眾多從四面八方聚集而來的黑色巨人正虎視眈眈地看著他們。

這並不是暮的夢境慾望，詭異的力量感來自外界，可能是他們昏睡的那瞬間，這星球有什麼蝕夢的髒東西嗅到氣味跟著竄進夢裡，然後把夢的「門」悄悄關起來，設下陷阱覆蓋記憶，想趁機奪取他們身上的力量，所以司曙才沒有及時察覺這夢境。

昨晚那個電線桿上吊掛的影子十之八九也是這玩意。

沒意識到是夢的時候，他眞的有點像是普通學生，這些東西還可以試圖靠近他們……雖然也是捱打，一旦想起來，它們就只能站在圍牆外咆哮。

不得不說，讓他沒察覺夢境這個操作，也是值得稱讚了，雖然更大的原因是那件「有緣物」。

司曙抬起手，即便這裡只是一個夢境世界，但某些基本元素依舊可以調用，更別說他們已「甦醒」，有自我意識就更方便了。

大量巨人在剎那被空氣擠壓成扁條。

隱隱地，他又聽見有人在喊他。

「門是不是在『那裡』。」雖然是詢問暮，但司曙其實已經滿肯定。

「對。」暮有點不甘不願地哼聲。

司曙拍拍暮的肩膀，說出誘拐兒童的話語：「回去做營養午餐，大家一起吃。」

暮又高興起來。

於是他們走進屋內，走到超熟悉的那位置，手一抬，四周昂貴的家具全都掀飛，完全沒有什麼毀損物品的痛心感，反正都是假的，連蔥薑蒜都是。

下秒風凝成的氣流狠狠衝撞地板，轟然巨響後把地板撞穿了一個大洞。

司曙站在洞口，俯瞰著隱藏地下室的畫面。

紙箱。

喔，還有躺在裡面的「紙箱王」。

沒想到夢境連這玩意都復刻了，昨天怎麼沒爬出來演一齣呢，嘖。

地下室吸血鬼猛地睜開眼睛。

所有畫面瞬間消散。

透天厝、巨人、蔥薑蒜、熟悉又扭曲的從前風景，一切一切全都不見。

司曙緩緩轉醒，還沒發表點什麼意見，猛地對上一雙神色複雜且帶著各種嫌棄的血色眼睛。

「終於醒了。」

一旁傳來鬆了口氣的聲音，接著是大美人走上來，擠開滿臉不友善的吸血鬼，溫和地摸摸司曙的頭，像在檢查有無後遺症。

「極光？」司曙被對方小心翼翼地扶起身，這才發現屋內竟然還不少人。

「阿書啊～～～～」邱隸撲上來，碰都還沒碰到就被一掌按住臉，制止他的飛撲。

站在一邊的羅德啐了聲，收回手，很嫌棄地甩了兩下：「麻煩的小鬼。」

臉部遭到撞擊的邱隸敢怒不敢言，畢竟他是全場最弱那個，還有個一言不合就能把人啪嘰的陰險吸血鬼。

紙侍則是站在床的另外一側，聞言抬頭，冷漠地盯著吸血鬼看。

「醒來就好了。」另一側的曦把同樣睜開眼睛的暮扶起來，後者往身上摸了摸，很失落地發現夢裡的相機竟然沒能帶出來。雖然有預感無法順利弄出來，但裡面好多弟弟國中時期的相片啊……只能用記憶複製了，可是那種感覺又不同，眞是太讓人失望了。

「你們兩個睡了好幾天了。」艾西亞解釋，同時端來現榨果汁。

暮打開盒子後，和司曙一起在異星球的街上失去意識。當時周遭人很多，馬上就被好心路人送醫，甚至還替他們預繳了幾天的醫療費用，簡直善心到不行。

但人們沒發現的是當地有「夢魘」循著異常力量的香味，直接潛伏進「夢中」，試圖像往常一樣掠取人們的夢境與靈魂。

「我們打聽過了，具體是把夢境變成噩夢，可能會出現什麼驚悚之類的，把夢主嚇得失去『防禦』後，再掠奪生命力。」極光溫和地告知他向本地能力者們問來的事。「不過這些只會對防禦力低的人造成影響，阿書先生你們則是因爲平常有意遮蔽自己力量，才會被『夢魘』誤判。」

簡單來說，就是小怪物把司曙兩人當成一般有點力量而不自知的美味食物了，沒想到進去之後被海扁一頓。

艾西亞順道一提，他有找到付錢的好心人，並加倍還給對方醫療費用。

「所以你們怎麼在這裡？」司曙才不在乎那些一掐就死的夢魘，反而很意外這些人居然會出現在異星——對，他並沒有離開這個星球，而是在這星球的某間旅館，還是超高級的總統套房。

「要給阿書驚喜啊。」暮突然開口：「他之前問了座標，好幾次了。」說著，指向極光。

極光咳了聲，有些不好意思地說：「嗯……其實是正好大家這段時間比較空閒，而你的這個座標『很近』，所以大家一起凝聚了一扇短暫時間的『門』，沒想到我們到達時撞上你們昏迷了。」

他們一群人悄悄透過某些方式，確認可以短暫停留在異星時就計畫外遊一趟，不知道爲什麼越來越多人湊團，結果變成一大堆人，直接成了旅行團。

實力堅強的存在們個個壓低力量進到這個星球，循著座標定位了司曙三人的地點後，意外撞上了司曙和暮的昏睡現場。

畢竟在場好幾位帝王級，稍微檢測就知道是「睡著了」這種結果，當然那種垃圾夢魘直接被他們略過不計爲威脅。

於是，大老遠來，全體陪床。

「你眞的很會出事。」一路被其他人擠到門邊的羅德撥開一堆煩人的傢伙，重新走回床邊。「所以這次又發生什麼事了？」

司曙挑眉。「才不告訴你。」

「……？」羅德腦門一個爆青筋。

「對喔，這是我和弟弟的祕密。」暮同時收到紙侍與羅德的瞪視，很挑釁地回望：「『我們的』，沒有你們的。」超棒。

羅德感覺這傢伙果然是欠殺吧。

應該趁他昏睡時讓他一睡不醒。

這時房門突然被人撞開，一號、二號滿手節慶食品跑進來。

「逛街！」一號看見司曙醒了，立刻抬手。

「逛街！」二號跟隨。

「在這世界可以留多久？」羅德看向主辦人。

「沒意外的話，我父親研究的通道架構應該還可以撐個五、六天。」極光微笑著回答。

跨界門教學提供：前．極地圈帝王．實力超出常識。

「通常沒意外就會有意外。」司曙反射性吐槽。

「小鬼你是還沒睡醒嗎？本公爵可以讓你繼續睡。」吸血鬼發出對槓的聲音。

紙侍接過一號遞來的小彩盒，直接往嘴裡塞。

這次通道主要的運行力量由大家一起平攤，匯聚數名帝王級的力量與有無數前科的某前任帝王與帝王之友的教學，異界門的規格和穩定度比正常的強上不少。

可惜存在的時間在大家眼裡仍然很短暫。

勞心勞力的某極地圈前帝王並沒有得到獎勵，而是他兒子把極地圈管理事務又丟回他身上，帶著旅行團跑路了。

簡直血淚。

司曙得知背後眞相時，拍拍極光的肩膀，建議他多買點土產給企鵝王。

畢竟有個實力堅強的爸爸還是很重要，以及他不想下次返鄉時遭到追殺。

要知道企鵝王記仇的時間他媽的有夠長，幾千年前的事情可以幾千年之後繼續尋仇，他本人還超級理直氣壯。

早早就得到歷史教訓的其他高等存在都有共識，沒事不要去摸企鵝王，會不幸。

「說起來，這裡真的與我們的世界很像。」艾西亞站在窗邊，看著幾十樓下面不間斷的狂歡活動。「但又不太像。」

力量體系不同，這是最大的區分。

「說不定往後有機會形成平行世界呢？」曦抬起手，一小團氣流在他手指間流轉。

「這又有什麼關係。」司曙說道。

一行人看向了從床上起身的青年，後者淡淡笑了下。

「既然來了，就像一號說的，逛街吧。」

頓了頓，司曙突然將目光放到幾人身上，尤其在曦和紙侍身上停了片刻，繼續說：「不過，你們要不要考慮……換個衣服呢？」

他勾起躍躍欲試的笑。

嘉年華的狂歡依然進行中。

黑色小小的膠狀物質竄過人們腳下，凝結成一隻黑色小螞蟻，勤勞地到處爬行，繼續尋找下個作夢的食物。

細小的牠與一大群人擦腳而過。

這群人形形色色，穿著各種不同服裝，但很多都是正裝、帥氣無比，看起來像一整團什麼模特兒出行，引起周遭人群的驚呼，以爲是嘉年華的什麼特別踩街團，大量鏡頭明拍偷拍，瘋狂佔據記憶空間。

然後膠狀螞蟻呆滯了下。

「喔，原來你還沒死啊。」

螞蟻戰戰兢兢地抬起頭，火焰般的少年站在牠的正上方，露出了一絲有意思的無溫笑意。

「弱，但命硬。」

這次牠沒有又被一腳踩爆。

因爲遠去的那行人回過頭，朝少年喊了聲。

「暮，快過來。」

少年抬頭。

「好喔。」

然後跑掉了。

螞蟻揮了揮不存在的汗，急速逃逸。

外星人太可怕了，這輩子不要再鑽進外星人的夢裡面。

老天保佑。

〈異動之刻・返時夢〉完

言蔓玄老師
創作20週年
紀念。
左萱
ZUO HSUAN
敬賀!!

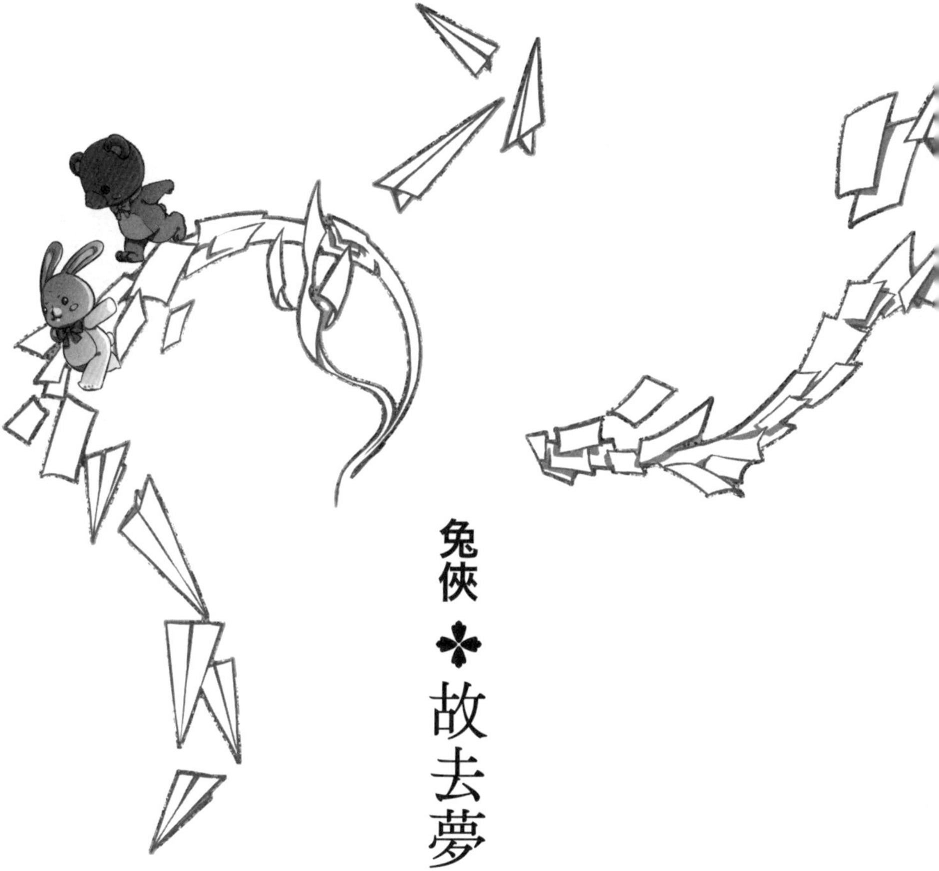

兔俠

故去夢

青鳥這個時候感覺到非常地快樂。

因爲、因爲他在一覺睡醒之後，發現自己變成了一個有八塊肌、身高直逼190、有胸肌臂肌的夢想中男子漢身材。

至於這張臉是不是他的，就先另當別論了。

重點是！高大！威武！壯碩！

人生夢想！

好想要當場把琥珀等人扛起來往上拋喔！

興奮過後，他才開始打量周遭環境。

首先可以確定的是，這絕對不是他住的地方，十之八九也不是他居住的城市，四周看起來非常陌生，完全不像自己熟悉的街道風格，連走過去正在聊天的路人們的用語都有點不太一樣。

青鳥非常認眞地偷聽了幾位路人聊天之後，確認眞的用辭有差異，很高機率不是同星區。

難道他是睡著之後遇到超級龍捲風，直接捲到別的星區去了嗎？

那麼琥珀、大俠、小茆他們呢？

沒捲走？

不不不，他其實更應該思考的是：爲什麼自己直接換了一個身體，雖然這個身體相當符合他的心意，幾乎可以說是完全心滿意足，評分九十九點九九。但他家琥珀可能會找不到他吧！

「該不會……這就是傳說中的流星實現願望？或是母星影視作品裡所說的穿越？」

青鳥再度抬起自己雄壯威武的手臂上下左右看一看、甩一甩。可惡，這個眞的是夢中情手，一輩子擁有作夢都會笑出來，光憑這個手他就想慢點再穿回去。

等等，先不要被這個讓人流口水的軀體誘惑，他要先想想其他人在哪裡，至少要先找到他家琥珀，要不然琥珀絕對不知道這個就是他本人。

所以他是做了什麼才會變成這個樣子呢？

仔細想想，昨天好像就和平常一樣，大家一頓燒烤吃飽，小茆可怕陰險地想要給他做出更多粉紅色的小禮服，他拉著琥珀轉身就跑，接著兩人回家聊了一下天、說了點話，然後爬回床上睡大覺……

這麼想起來，什麼問題都沒有啊！

難道是平常做好事累積的福報？

就在他發呆的同時，周遭人依然來來往往，川流不息的人潮裡突然有道聲音向他打了招呼。

「斯維特！你今天也要一起出去冒險嗎？」

斯維特？

這是在叫他嗎？

青鳥一臉呆滯，就這樣愣愣地看著另一名肌肉壯漢朝自己走來，貌似很熟悉地揮揮手，並且開口露出一口健康白齒，極度標準的笑容。

喔，這個人身材也好棒喔。

雖然還搞不清楚狀況，但青鳥注意到人家的肌肉，本能地吞了吞口水。

高大，腹肌，羨慕。

難道肌肉男只和肌肉男交朋友嗎？

「怎麼了，該不會又想到昨天那支奇怪的冒險隊吧。」壯漢沒注意到青鳥的異狀與可疑的吸口水動作，憂心忡忡地以慎重語氣勸道：「我知道你很在意那個小小孩子，不過對方是冒險團的一員，那麼多大人照顧，你就不要想太多了。」

「什麼小孩子？」青鳥反射性回問。

「昨天看見的那個湖水綠呀。」壯漢微微挑眉，一臉不怎麼相信對方反應地說：「你昨天不是看人家是稀奇的湖水綠，一直移不開眼睛嗎？我都快以爲你是看到夢中情人的幼年版，聽我的話，小心十年起步，一個搞不好說不定會被弄死。」

湖水綠？

說的難道是琥珀嗎？

但只是過了一個晚上，琥珀怎麼可能跑去參加什麼冒險團？要知道那傢伙最討厭的就是人多和吵吵鬧鬧了。

可惡，偷偷跑出去玩，不告訴他嗎？

「你忘記了嗎？」壯漢湊過來，上下左右地打量青鳥，表情透出點怪異。「嘖嘖，你昨天甚至想誘拐那個小孩呢，還說什麼『小朋友啊你那麼小一個，怎麼混在大人堆裡面呢，這眞的是太危險了，跟叔叔一起去找其他小朋友玩吧？』──聽起來有夠像怪叔叔的，人家冒險團沒當場圍毆你算是修養好吧，否則我還覺得那些人不像好人。」

不知道爲什麼，對方這麼說的同時，青鳥腦中竟眞的浮出相應的記憶。

不屬於他的記憶裡……

昨天中午，他正在打理這間小小的商店，就和其他日子沒什麼兩樣，整理貨物、擦拭貨架，上貨下貨，檢視一些幫老客戶預留的訂單。

一連串日常瑣事裡，一行明顯外地來的冒險者團吸引了他的目光。在他們這靠海港的地區出現並不稀奇，雖然科技發展已達較高程度，但世界依然有太多未解之地與藏匿悠久的上世代遺跡，總會吸引來自各地的探險者四處挖掘。

但那群人卻讓他直覺怪異。

太小心了。

他們雖然穿戴與其他冒險者大同小異的裝備，但行動卻小心到好像想讓蹤跡消逝於人流裡，甚至還有個人很隱密地每隔一段路程就左右張望，不知道是在記錄地形或是等接應人出現。

不過這些都沒有另個發現讓斯維特在意：全是成年人的隊伍裡，竟混著一個年約十一、二歲的孩子。

個頭很矮，說不定還不到十一、二歲。

那孩子其實與琥珀不太像，沒有熟悉的五官輪廓，只有半長的黑髮，以及比較標誌的湖綠色眼睛相似。對了，還有一張冰冰冷冷、完全不想搭理他人的表情也很像。

他似乎聽見其他人叫這個孩子「加爾洛」。

這個名字在其他區裡有著「使者」的意思。

與斯維特一樣，一旦不經意被那雙湖水綠的眼眸掃過，青鳥發現自己開始非常在意這個孩子，並且詭異地感覺對方其實不該待在那個團體裡，應該要和同齡的孩子們一起去玩樂上學，或是去做自己喜歡的事，不是死氣沉沉地跟在一群大人當中。

他不確定那是不是琥珀的同族，或是眞可能有什麼血緣關係，但他希望這孩子可以跟琥珀一樣開開心心、有選擇自己生活的權利。

「所以說，你知道那個冒險團現在在哪裡嗎？」

雖然還搞不懂爲什麼自己在「斯維特」的身體裡，但青鳥也不是什麼小孩子了，畢竟他現在可是個老師，遠比以前更加成熟……欸不，他就是個成熟的大人！他一直都是很成熟的大人！

更別說他還經歷過莉絲一戰！

超、成、熟！

因此他可以快速鎭定並且裝作與對方很熟的模樣，壓下想摸一把腹肌的衝動，悄悄套起話來。「我認眞地想過，我還是很在意那個小孩，至少在這裡的期間，可以再多看他兩眼吧。」

「我就知道你沒有放棄，要不是知道你的性向，我眞的會以爲你是個奇怪的叔叔。」壯漢翻了個白眼，用一種「你眞的怪怪的」的表情看著青鳥，但也相當誠實友好地關心友人：「唉，你自己小心一點吧，那個冒險團看起來不是一群正常的傢伙，關心小孩歸關心，安全第一。」

看來冒險團的怪異並不是只有「斯維特」注意到。但說起來也是，會在港口混跡的人多半都有點察言觀色的技能，有時候是人是鬼多看兩眼就可以分辨。

青鳥知道對方確實擔心自己的友人會不會被尋仇，於是代替身體主人真誠地回答：「謝啦。好人有好報，你的肌肉會越練越大。」

「……？」壯漢有瞬間一臉空白。

青鳥又與壯漢談了一會兒，得知對方叫作「摩拉」，是這附近的臨時搬運工，也兼職冒險團打手，大致上就是哪個冒險團缺人他就去應徵，純粹武力輸出，或者當雜工。

話說回來，即使是冒險團的雜工，待遇也比搬運工好一些，如果在野外發現巨大寶藏時還可以多得一些獎勵或分紅，所以摩拉大多時候都在冒險團間遊走，因此認識了不少大大小小的冒險者。說有深厚交情的沒有，但若有些比較難解決的小問題去找相熟的冒險團，大部分人還是願意幫一手。

從摩拉的嘴裡，青鳥知道這個「斯維特」的職業竟然和自己一樣是個老師，不過是貧民窟的老師，平日在碼頭處開了一家小雜貨店、也就是這裡，拿很少的報酬兼差貧民窟學堂的教育者，混得最差時，甚至還拿小雜貨店的錢來補貼。

青鳥對這位斯維特立時肅然起敬了起來。

但敬佩歸敬佩，同為老師的自己卻沒有這麼棒的身材……捂胸，想哭，多摸兩把。

大胸肌的手感眞好。

青鳥如是想。

✦✦✦

從摩拉那邊得到情報，那支奇怪的冒險團目前就住在港口最大的酒館裡。

昨日下午入住酒館客房後就開始在館內大廳喝酒、賭博玩樂等等，持續到深夜，手頭闊綽，賭金不小，許多人暗暗猜測他們可能在上個探險點有巨大收穫。

今天白天大概是因爲宿醉，就沒見他們出現，過了中午又三三兩兩地進入酒館大廳喝酒，其中有一、兩人則是出去購買必需品等物。

這些行事與他們一開始的謹愼背道而馳，於是青鳥判斷他們應該是發現這裡沒有威脅，或是利用某種方式與接應者聯絡上了，不再那麼緊繃，可以說根本開始大放鬆。

所以目前這段時間應該就是最好的時機。

按照他們昨天的行徑，很可能一路到深夜都有不少探查機會。

正好壯漢摩拉在酒店有搬運的工作，可以帶青鳥混進去。於忙碌時按照摩拉的安排，假裝臨時工忙前忙後搬完一堆酒箱，等到不被注意時他就由小門偷偷混到客房區。

港口的這家酒店並不小，從斯維特的記憶來看，這是港口最大的一間酒店，寬闊的一樓是酒館兼餐廳，二、三樓則是旅館。受到本地異常氣候與自然災害影響，港口周邊的建築物都不太高，但酒館本身佔地極廣，一層樓至少有幾十個房間。

打聽到湖水綠小孩住的房號，青鳥端著一盤廚師特製的奶油餅乾，鬼鬼祟祟地走向對方的房門。

但好像天不從人願。他本以爲可以用餅乾釣小孩，不料敲了一會門，房內人卻完全不鳥他，然而他的確感覺到房裡有人。

也對啦，正常有陌生人敲門，是他也不會搭理，更別說還帶著糖果餅乾上門這種可疑的行爲。

青鳥看著門板，突然想到他家的琥珀也是這副死德性。

於是他清了清喉嚨，用十足官方的語氣又敲了一次門，並開口：「你好，客房服務，送館內附贈的小點心。」

因爲不確定對方到底喜不喜歡吃甜的，青鳥又補了一句：「你們冒險團的人似乎沒有爲你點餐，我們有送餐的服務喔，當然要在外面吃也可以。你喜歡剛烤好的小餅乾嗎？或者你餓了，想吃點烤蝦，我們有很好吃的奶油大蝦，也有本地風味炒麵、外頭吃不到的各種海鮮料理，以及特產巴羅果的新鮮果汁，或者你想嚐嚐罕見的深海魚呢？」

不曉得是哪一個觸動了房內的人，裡面傳來隱隱約約的聲響，沒多久房門就被打開一條縫，一張小臉從後探出來，漂亮的湖水綠眼睛靜靜盯著青鳥，毫無表情，像隻窺看外界的小動物。「奶油大蝦？」

眼見真的把小孩釣出來了，青鳥莫名有種成就感，就像當年誘騙他家琥珀一樣。於是他點點頭，露出自以爲相當有親和力的笑容，微笑道：「對的唷，有很多奶油大蝦，你肚子餓了嗎？如果你願意，我們可以去後廚吃員工限定喔，很多都是餐廳裡吃不到的。」

這點他沒騙對方，摩拉與後廚交好，「斯維特」曾與對方一起來吃員工餐，錢給得足的話，大廚師很樂意額外露幾手。

小孩猶豫了一下，最後還是沒有逃過大蝦的誘惑，靦腆地點點頭。

這模樣眞的和很久以前的琥珀有點相似，那小子看到喜歡吃的東西時，也會露出表面冷靜，但其實很想吃的小反應。

青鳥猛然想到這個斯維特的錢包應該夠滿吧？等等如果吃太多沒錢付就尷尬了，畢竟他家琥珀吃得也挺多。

不過看著這孩子期待的模樣，他突然覺得沒錢的話，直接先去抓剛剛那個壯漢借一點也可以呀，有肌肉的人一定心胸廣闊！

就這麼愉快地決定了。

「那你要不要先吃一點餅乾墊肚子？」將手上的盤子往前推，青鳥蹲在地上與小朋友視線平齊。他不曉得這小孩吃過東西了沒有，不過按照他和琥珀的相處來看，如果眞的吃過就會拒絕，不會硬逼自己禮貌性地勉強吃。

小孩盯著餅乾，看了一會兒，緩緩地點點頭，伸手拿了餅乾放到嘴裡，但盯著青鳥的目光顯示似乎還是比較期待大蝦。

等小孩吃完餅乾，青鳥手一伸就把對方抱起，這時候他對於借用的身體感到非常滿意與愉快，這種大肌肉、強力量、結實的腹肌，眞的好想打包帶走。

然而他還沒有想到把肉體攜帶回去的辦法，只好現用先過過癮。

因爲是從冒險團的房間拐走小朋友，青鳥當然沒有那麼頭鐵地直接把人帶到大廳直面冒險團圍毆的風險，而是按照他剛剛的說法，走向壯漢好兄弟帶來的靈感路線——員工後廚。

這時突然要感謝這位壯漢朋友的好人緣了，來到後廚果然沒有被攔阻，廚師甚至允許他們使用目前無人的飯桌，青鳥向廚師點了幾道琥珀喜歡吃的蝦料理後，付了錢就帶著小孩在旁邊等待。

再次感謝壯漢好友，在這裡點餐甚至收的是低廉的員工價。

大廚完全沒有辜負他們的期待，碼頭邊當日深海現送的蝦子新鮮又大尾，很快一大盤蝦料理直接上桌，之後又陸續開始其他美食的烹煮。

先上桌的是椒鹽大蝦，鹹香氣息飄散在空氣中，即使是青鳥都忍不住吞了吞口水，原本沒表情的小孩一雙湖水綠眼睛亮了亮，直勾勾地盯著蝦子看，毫不遮掩期待。

對，就是這個表情，和琥珀眞的無敵相像。

青鳥在心裡這麼感慨著，嘴上也沒有停下招呼：「快吃吧，不用客氣。」說著他還去旁邊端來海鮮炒麵與麵包、清爽的飲料，可以一起搭配蝦子食用。

回想壯漢摩拉之前提供的情報，這孩子應該叫作加爾洛，青鳥看著對方有點笨拙地剝著蝦殼，也從盤子裡拿起蝦子一起剝，然後放到孩子的盤子裡。

經琥珀長年累月的鍛鍊，不是青鳥自己要說，他剝殼的速度和完整度簡直和一般人不是同個境界，眨眼就能好幾隻，乾乾淨淨、完美無比，都可以去當職業剝蝦人了。

小孩看了看他，小聲地說了謝謝，接著才用叉子戳走椒鹽蝦小口小口地吃著，動作逐漸變得飛速，很快疊出一小座蝦殼山。

可以看得出他是眞的很喜歡蝦子。

青鳥繼續幫小孩剝蝦，內心一邊在思考：這系列的湖水綠該不會都喜歡蝦料理吧？以後出門看到湖水綠好像可以先問一下他要不要吃蝦子，搞不好會釣出一筐湖水綠。

所以……這孩子也是「那邊」的人嗎？

青鳥不太確定，對方一雙湖水綠眼睛與讓人有點熟悉的個性，如果不是因爲臉完全不一樣，他眞的會懷疑這個是不是無數個「他」的其中一個？

沒錯，青鳥已經發現這可能不是他的時代，一路走來的街道與人們的交談都不像自己那個時代會有的，反而更像過往那些記載裡的歷史，只是不確定目前是在哪個星區而已。

是夢嗎？

或者不是夢？是一個他無法得知因由的歷史回溯？

青鳥暫時無法釐清，但不妨礙他照顧這位小朋友。

廚師繼續上菜，最終大約做了四、五盤蝦料理，還附帶一鍋香氣四溢的海鮮濃湯。

似乎現在才好好吃一頓飽飯的小孩停下叉子，望著一桌空盤與蝦殼，倏地意識到自己似乎吃太多了，很不自在又有點小心翼翼地盯著青鳥看。

「沒關係呀，你現在還在長高，吃得多都是正常的，不用擔心。」青鳥一看，就知道冒險團可能沒有給這孩子太好的照顧，至少在吃食上並不好，以至於小孩吃多了就開始在意別人臉色。「你還有沒有想吃什麼呢？」

小孩搖搖頭，耳朵有點泛紅。

「那麼要不要出去逛逛？」青鳥看他好像也不是很想馬上回房，開口詢問：「可以散步消化，讓肚子不會太撐，我順便要買點東西。」

這個時間點冒險團的人不是在喝酒就是在找樂子，有的說不定正在賭博，不曉得他們爲什麼這麼放心把一個小孩放在房間裡，還篤定他不會跑掉。

小孩歪著腦袋想了想，摸摸口袋，裡面還有幾枚硬幣，於是他點點頭，同時拿了一半出來想要付餐費。

「不用錢啊，這是大哥哥請你吃的。」青鳥連忙露出親切的微笑，但他忘記現在使用的不是自己的身體，因此他的笑容在別人眼裡看起來還眞的有點誘拐小孩的意味，徹底就是不懷好意的模樣。

小孩——加爾洛確認了對方眞的不想要他的錢，又慢慢地把硬幣收回口袋，這是他目前僅有的資產，加上他並不是成人，不會客氣來客氣去那一套。

奇怪的大人提出了要逛街，這對他來說確實是一件吸引也有點奢侈的事，畢竟每到一個地方，那些帶他走的大人們都禁止他隨意離開房間、與別人說話接觸，甚至在房間門窗全部加上一些監控的小玩意。爲了警告他，在上個停留地點時，他們把一個給他糖果的小孩拋進海裡，這也是爲什麼他一開始並不打算搭理眼前端著餅乾出現的怪異大人。

當然，那些冒險團的人並不知道，他其實可以非常輕鬆地拆掉那些監視的小東西，還可製作各種假畫面欺騙那堆人的眼睛。

這就是怪異大人把他帶離房間時，沒有觸動警報的原因。

冒險團的人目前應該還認爲他在房裡乖乖地等他們回來，至少他們的儀器是這麼顯示。

如果不是因爲在等待，以及收集……

加爾洛目光晦暗一瞬，像是在計算冒險團未來的去向或者後果。

青鳥當然不知道小孩心裡有什麼黑暗的東西爬過去，也不曉得冒險團裡複雜的狀況。眼下他只對於要出去逛街感到很新奇，因爲不只小孩沒有逛過，他這個很可能是幾十年或數百年後的人也沒有逛過。

沒有猜百年前是因爲當時正經歷破壞性的巨大戰役……總之待會兒看看高科技有沒有啓用就知道是不是了。

回去可以向琥珀炫耀一下。

✦✦✦

碼頭的街道，無論是早期前科技時代，還是如今後科技年代，皆同樣非常熱鬧。

這裡是本星區排名數一數二的大型港口，也是周邊城市沿海貿易的集中地，擁有來自各地的物品、攤販，甚至極為罕見的海下物件——打撈物在碼頭很常見，無論哪個碼頭，經常有打撈船將找到的上時代科技物出手販售，可惜大多數都是廢品，極少有人成功復原。

牽著小朋友，青鳥一邊左右張望，不時還會有認識「斯維特」的人向他打招呼，他得立刻反應過來，假裝是本人回以問候。

幸好大家都只是匆忙聊個一、兩句，並沒有發現青鳥的異常。然而細微的不自然行為，還是落入了正在觀察他的加爾洛眼裡。

青鳥並不知道那雙小小的湖水綠眼睛逐漸露出了某種打量的意味，大致上就是在探索身邊這個大人反常的部分。

一路走來，他研究完幾家好像不錯的小吃攤販，很自然地直接向小孩發問：「甜的和辣的你想吃哪一種？」

加爾洛抬頭，正好看見對方手上的兩串烤肉，一串紅通通的顯然是辣味，一串大概是蜂蜜吧。他面無表情地接過蜂蜜的那一串，繼續接受來自奇怪陌生人的餵食。

逛著逛著，青鳥開始思考這裡很可能是第五星區或第七星區，大概是因為街道建材比較沒有那麼新，科技稍微落後，他猜測這是屬於比較後端的星區，就是無法確定是哪一個，但私心感覺應該比較像第五，總之絕非他熟悉的第六星區。

正考慮要不要帶著小孩去找個遊樂區域玩，他們聽見街道另一端傳來騷動。

聽到這種需要救援的聲音，青鳥反射性就想來個變身，接著他才想起現在自己沒有「瑞比特」的條件，就連身高都不符合。不過去看看幫個忙還是可以，「你……」他思考著先把小孩送去安全的地方，卻猛地看見這孩子跑得比他還快，已經往吵鬧方向跑去。

青鳥叫都來不及，頭大地趕快跟上。

多虧他現在也是個壯碩身材，可以在人群裡逆向往前跑，約莫跑了一小段，就順利地把加爾洛整個拎起。「小孩子不要亂跑，很危險呢！」

加爾洛沒有立刻回答他，一雙眼睛直勾勾地看著對面方向，那是好幾名正在濫用違禁武器的人，在街道上大肆破壞。

強盜團？

青鳥從那些人的打扮及肆無忌憚的行為判斷，十之八九就是強盜團無誤，但不知道為什麼本地的聯盟軍沒有立刻出現壓制他們。

等等！那他是不是可以看到這個年代的「正義使者」了！

雖說大概不像他們那時代的處刑者，但某些正義存在可是永遠不變的，如同有光就有影。

一想到這個，他立刻雙眼發光，期待值拉到最高。

這個年代的英雄又在哪裡？

青鳥還在眼睛放光的同時，街道轉角處傳來一聲震天的爆炸巨響，緊接著有龐然大物衝破牆壁撞了出來。首當其衝的建築物被硬生生撞得四分五裂，建材與各種碎片飛濺，差點彈射到附近看熱鬧的民眾身上。

與此同時他也確定了，這絕對是瓦倫維戰役之前的年代。畢竟大戰過後全面禁止高科技產物與這種會引起莉絲爆炸的舊型作業式機組，所以他是到了古代，還偷了古代居民的身體。

多功能大型作業機組撞塌房子後，本來應該用於工業或礦區等處的大量夾爪類器具像暴走的蜘蛛一樣狂魔亂舞，勾爪過處還翻飛了塵土與碎片，又造成一波天降石塊的攻擊，腦殘強留原地看熱鬧的傢伙們這次真的抱頭竄去安全處了。

大肆破壞的機械巨獸底下居然有好幾名強盜團，趁著機械的掩護，不斷搜刮地面可見、掉了一地的財物。

青鳥期待的正義使者尚未出現，先趕到的是駐地聯盟軍。軍方使用的是中型作戰機甲裝置，攜帶了不少作戰輔助設備，稍微有些距離的地方很快架起破壞砲等遠端武器，瞄準著破壞中心。

這時代還沒禁高科技，大型機組與基因改造者仍是戰場主力，即使接下來好幾名聯盟軍都是基因改造者也沒有任何人覺得奇怪。

「警告！警告！」聯盟軍的警備機動裝置發出了廣播：「非法機組即刻停止動作！相關人員離開機械，就地蹲下！五秒內未按照聯盟條約配合，將就地擊毀。」

舊時代的聯盟條約青鳥也大略知曉，這個時期的科技與基因研究發展蓬勃，破壞力相對極強，部分匪徒難以遏制，所以設下的法律與刑罰非常嚴格；像這樣在一般民眾區橫衝直撞的非法機組，即使當場擊斃所有涉案者都是合法。說真的，眼下這批聯盟軍還算客氣了，只是想把機體擊毀而已，看來是抱持著要生擒作亂者的想法。

但顯然強盜團並不打算聽聯盟軍的話，自古以來作惡者怎麼可能會聽官方的話，理所當然地，破壞的速度更猛烈了，像是頭不服管教的野獸。

所以五秒後，聯盟軍直接開火，商店街在這一瞬成為戰場。

與此同時開啓的是防禦機具，原本熱鬧而現在空無一人的半毀街道被隔出一大塊空曠的作戰區，防禦牆內倒楣的建築物因雙方交火轟炸而成焦土，衝擊揚起的塵土把乾淨的空氣攪得混濁難聞，可視範圍減少大半。

那架像抓狂蜘蛛的作業型機組很快就被數架聯盟軍機具打成一大堆破碎金屬塊。入侵的強盜團也相當頑強，即使捱打依舊不斷瘋狂開火，以倒塌的建築物與防禦機具作爲掩體還擊，約莫十多名強盜團像瘋狗一樣喪心病狂地數度丟出破壞力極強的污染性爆彈，逼得聯盟軍擴大防護壁範圍。

青鳥撈起加爾洛，抱緊對方躲進安全處觀望這場衝突，激烈的交戰持續大約五分多鐘，武器能源幾乎被耗盡的強盜團最終終於乖乖束手就擒。

十多個破壞者裡有一大半身受重傷，甚至斷手斷腳，但居民們一點都不同情，畢竟被打塌了好多房子，整片商店街盡毀，他們沒有衝上去再把強盜團揍一頓都算是很有自制力了。

遠遠地，能看見聯盟軍似乎也稍微鬆了口氣。

「……」

「怎麼了嗎？」青鳥注意到懷裡的小孩沒有轉開視線，仍用稍微沉重的表情凝視著那群強盜團。

「裡面……有團裡的人……」加爾洛小聲地說著，不由自主地抓緊青鳥的手臂。

「團裡？」剎那間，青鳥猛然驚覺孩子的意思。帶他來的冒險團裡有一部分人與強盜團勾結，這個或是這些人現在已經被聯盟軍逮捕，接下來大概會波及到冒險團其他成員。

剩下的人無論有沒有參與，現在他們多半都已回到旅館做應對準備，很有可能已經發現小孩不見了。「我趕快把你送回去？」

雖然這麼詢問，但他也知道遲了，搞不好針對他這身體的追捕都開始了。

加爾洛突然抓了抓他的袖子，小小的手指沒有放開，囁嚅地說道：「我其實不是和他們一起的，我被帶走了，我的朋友們還在另外一個星區。」

被帶走？另一個星區？

所以這孩子其實是被所謂的冒險團從原本的同伴身邊帶走？誘拐？

同時青鳥聽出他沒有說出口的另外一個意思。

這孩子想回朋友們的身邊，他正在向自己求助。

「你想離開嗎？」青鳥如此回問，「我可以帶你走。」

「嗯。」孩子點點頭：「我想回去，我想回到他們的身邊。」

青鳥可以感覺到他的急切，這是他和這孩子相遇以來，第一次感覺孩子這麼希望要做些什麼的情緒，甚至可以不顧他們其實只是認識不到幾小時的陌生人。

他現在也沒有顧慮這是不是自己的身體了。他只想到：我要帶他回去，讓他回到他眞正該去的地方。

就在青鳥堅定地如此認為的同時，他的身上突然出現了一點奇怪的波動，這感覺很類似他們後世能力者開始使用特殊力量時的那種能量調動感。

斯維特難道是個隱性能力者，或是基因改造者嗎？

青鳥還沒確認斯維特是哪種類型的能力，一道微弱的透白色微光已慢慢浮現，像霧氣般凝結並擴散覆蓋到孩子身上，白紗似的光在加爾洛臉上與身體出現了像漣漪一樣的水波紋，冷光數秒後緩緩發生變化。

他就這樣子眼睜睜地看著那張小臉的輪廓一點一滴變成他熟悉的模樣——是記憶裡的白皙精緻，像個高級昂貴的小洋娃娃，與未來他所遇見的「那人」有著幾乎九成九的相似度——「那人」小時候根本就是長這樣子，全無差異。

原來從頭到尾都是「他」。

他只是被那個心懷不軌的冒險團用某種方式改變了容貌，企圖瞞天過海，這麼看起來那支冒險團根本就不是什麼好東西。

所以剩下的人真的與強盜團無關嗎？

看著小小版的琥珀、也就是加爾洛，青鳥產生了一股想把弟弟直接偷回去的衝動，不是什麼要把他送回朋友身邊，也不是讓孩子去快樂玩耍。

他知道這個孩子即將經歷什麼，也知道他真正的夥伴們會遇到什麼，他想把人藏著帶走，不讓他們去面對後來要爆發的恐怖。

「你……」正想告訴這孩子答案，讓他避開未來的慘事時，青鳥發現自己無法出聲，聲帶這瞬間彷彿消失，任何與未來相關的情報都沒辦法透露出來，徹底被消音。

倏地，他完全確知這裡就是過去了。過去無法被更改，無法被提示，也無法避免，不管他想做什麼，過去都不可逆了。

過去的人只會踏上那條必定的輪迴之路，以血與死亡鋪向未來。而未來，必須眼睜睜看著過去發生。

這瞬間，青鳥感覺到很難過。

「……？」加爾洛不解，這個奇怪的大人爲什麼突然露出很悲傷的表情，他思考著，可能是對方無法達成他的願望，產生了自責的情緒。「沒有辦法也沒關係的，他們一定會來找我，你可以把我放在聯盟軍那裡。」

「我可以陪你等他們來。」青鳥重新彎起笑容，摸摸加爾洛的腦袋。只要不涉及未來，又可以順利對話：「說起來，你是什麼時候和他們分散的呢？」這孩子的反應與剛剛吃飯時的動作，他與朋友們應該已經分開一段時間了。

「三個月。」加爾洛垂下頭，有點喪氣的模樣。「我們搭乘的輪船在海上遇到暴風雨時，遭海盜船襲擊，我與另外一個孩子被擄走，我偷偷放了他，結果自己就跑不掉了。」

青鳥再次摸摸他的腦袋。果然是湖水綠，即使放跑一個小孩，但他光外貌的價值就足以讓那些海盜不對他出手，躲過了幾頓打。「你做得很棒，你是超棒的小孩，他們一定不會怪你走丟的，他們只會擔心你、想要快點找到你。」

「嗯。」加爾洛用力點點頭，湖水綠的眼睛露出一絲光彩，那是對於夥伴們的信任與期待。

啊……好可愛。

青鳥感覺內心中了一箭，這個有點天真的迷你小琥珀有夠可愛的，雖然他家琥珀也很可愛，但縮小版的可愛度和萌度完全不一樣，再加上他家的孩子攻擊性比較高，難得看見如此純良、不會襲擊人的版本。

「雖然你看起來很像個怪大叔，但你是個好人。」可能是覺得應該多說點什麼表示善意，加爾洛補上了這麼一句。

「……」青鳥這時覺得不是內心中了一箭，是全身都中箭。

遠端的聯盟軍正陸續帶走強盜團的人。

青鳥突然想到，一開始他以爲帶著小孩的「冒險團」其實是個捕捉小孩的「犯罪集團」，那麼這個團體應該全體都是罪犯吧？

也就是說，不存在無辜的團員，即便沒有與強盜團勾結，他們本身就已經是該被報警的存在。

身爲處刑者，「瑞比特XL版本」怎麼可能放過那些小渾蛋呢。

幾乎就在想到這件事、並且打算向聯盟軍提供線索時，青鳥突然感覺後方猛地傳來一股勁風。

基於多年處刑者經驗與反射神經，他下意識抱著小孩一旋身，千鈞一髮間避開了突如其來的襲擊。

幸虧這個斯維特的身手也很矯健，完全跟得上青鳥的反射神經，他在躲避的同時也以最快速度向對方反擊，潛伏在他們後方的男人立刻被打退好幾步距離。

「這也是綁架你的那些人之一嗎？」青鳥並不認識所有冒險團的人，於是詢問加爾洛，後者立刻點點頭。

「把加爾洛交出來。」男人拍了拍被踹痛的腹部，面色不善地盯著青鳥。

「哈？綁架犯在說什麼呢。」青鳥緊緊抱著小孩，仗著這時候的身體高大，給對方一個鄙視的眼神——說真的，剛剛還真有點不太習慣巨大體型，幸好沒有出錯。

但，這種身體還是棒棒的，優秀！

男人眼見青鳥不打算交人，二話不說，直接抄出能源槍往青鳥方向射。

青鳥再度閃避，突然覺得平常體型嬌小也不是壞事，至少靈敏度高出好幾倍，塊頭大在躲避上費力多了，也須多花點時間適應。隨後他直接張口，用雄壯威武的聲音大吼：「這裡還有強盜團——！」

被抱著的加爾洛首當其衝，一雙湖水綠眼睛瞪得超大，那有點破音的吼叫簡直魔音貫腦，幾乎要炸裂他的耳膜了。

遠端正在收拾強盜團的聯盟軍果然把目光放到這裡來，下秒他們立刻發現這裡的不對勁，訓練有素地瞬間分出三人組往這裡極速衝來。

「該死！」男人低吼了聲，連續又朝青鳥兩人毫不留情放了幾槍，連點避開孩子的意思都沒有，完全不擔心打到小孩。

然而攻擊全被已經做出預判的青鳥一一閃過。

即使換了個大身體，青鳥在應對上依舊相當敏銳，「略略略，打不到～～」他可是承蒙大俠等人鐵血教學。當初重新取得人形身體的大白兔在習慣軀體後，很快擬了許多可以提升體技的教學惠澤周遭的人，一批人裡他就是被虐得最慘的那一個。

但不得不說大白兔的教學確實頗材實料，換個身體仍然可以迅速上手應用。

眼見聯盟軍已逼近，但這人卻絲毫沒有準備逃跑的打算，持續不放棄地攻擊著他們……青鳥猛地警覺對方可能有暗藏後手，可能是更多的人手也可能是更強的戰力，某種理由給了他不害怕的底氣。

青鳥立刻對聯盟軍大喊：「可能還有其他強盜團！小心！」

趕過來的聯盟軍那幾人似乎也意識到有問題，同時舉起手中武器，將防禦裝備效能開到最高。

同瞬間，地面突地炸裂，隨著轟鳴巨響，某種龐然大物撞穿附近還沒被毀、鋪滿實心磚的街道，凶猛地從地下直衝而出，連帶把上頭的建築物整排撞倒，碎石、建材爆開，四散亂飛。

比先前更大的地下室破壞機組揮舞著許多同樣的關節，像某種多肢節肢怪物似地爬進人間。

這次的巨型機組比剛剛那架大了三、四倍，運轉時發出刺耳又讓人不安的零件摩擦聲，轟隆隆地震盪了整條街道，囂張又霸道地侵佔居民們的地盤。

青鳥無法理解，爲了捕捉手上這個孩子，他們願意用這麼多的資源，甚至不惜攻擊聯盟軍、曝光自己，也要達成目的嗎？

單單湖水綠的價值不夠——他們知道這個孩子的來歷？

不，按照後世的歷史，假使他們知道，那麼線索應該早就遍布世界了。

畢竟這支強盜團看起來確實不怎麼樣，如果他們手上握有眞相，那早就世界各地都有眞相了。

不過現在想這些都沒有用，眼前最重要的是先想辦法搞掉這些奇怪的強盜團，如果可以，他還想搶劫、咳，觀摩一下這些充滿古早味的機組，不然後世有部分只剩課本上能見了。

搞不好回去他還可以跟學生講幾句他曾實際觀摩過云云。

像列車車廂大小的機械臂揮過來，青鳥旋身借力跳上，在傾斜的機械臂上幾個敏捷走位，衝向那三名聯盟軍。

來援幾人看起來很年輕，感覺有點像被踢出來檢查異狀的小菜鳥，當然他們的前輩發現不對後也正在卯起來往這裡趕，只是被更龐大的破壞機組揮出的機械臂擋在路上，劈里啪啦的刺耳電流隔開兩方戰場，使他們一時半刻靠近不了。

小菜鳥聯盟軍們雖然對眼前「盛況」感到不小壓力，但不忘優先保護平民百姓，也就是青鳥兩人。

他們默契十足，迅速分成兩守一攻，熟稔地操作防具擋下好幾次攻擊，順利把青鳥二人迎進他們的防禦壁後方。

錯過最好的捕捉時機，巨型機械憤而抬起五、六隻機械臂砸向防禦壁，發出沉重又驚人的「磅磅」震響。隨著幾番凶猛擊打，能源壁馬上出現許多裂縫，還不斷閃爍危險火光，彷佛隨時會失去保護效果，當場爆開。

趁著短暫喘息時間，青鳥迅速分析這座巨型機械堡壘的結構。

由於琥珀的博學，加上他本身是學校教授，又熟悉後世重啓的科技，所以對這種舊型基礎架構有一定的理解並具有暫時壓制的把握。

這類用於地下作業的超大型破壞機組原本是爲火山、冰川底下，或其他極端環境作業而設計的，通常需三人協同操控。因此他們的操控室有許多生存設備，甚至還有小休息室和床鋪，在裡面住個幾天都不是問題。

所以，這也意味操控室並不小，以冒險團與強盜團有勾結爲前提，其他冒險團的人很可能就藏在操控室裡，大概是打算等周遭一亂，藉機逃跑。

這同時顯示這種可住宿的機甲堡壘防禦力極強，很難應付，聯盟軍短時間可能破壞不了這玩意。

不過一旦破開防禦，就可以順利逮住剩下的人了。

差不多等同甕中捉鱉，條件是，打破甕。

青鳥其實不太清楚斯維特這具身軀還有沒有什麼其他的特殊能力，加上不是自己的身體，他不敢眞的放飛去拚搏，萬一把人弄死就糟了。

所以他目前能做的就是盡量避開攻擊，以及協助聯盟軍鞏固防禦護壁。

再次的轟然巨響，防護壁直接被打破一個洞，剛剛追著青鳥他們打的那個強盜團見縫插針，朝破口投來一顆爆破彈。

三名聯盟軍雖然資歷短，但動作不慢，其中一人幾乎同時在爆破彈上啓動封鎖爆炸的防禦機具，下秒殘餘的強烈震波猛然將他們三人往後震開。

聯盟軍三人首當其衝，倒地後掙扎著爬起身，空氣裡還充斥著防具被炸裂的硝煙熱氣。

丟爆破彈的男人又讓巨型機組搥了兩下防護壁。

「聯盟軍果然還是廢物。」他露出陰冷的笑意，帶著凶光的視線落在青鳥與加爾洛身上，森然地繼續開口：「過來，加爾洛。」

青鳥懷裡的孩子很輕微地顫了下，他立刻把對方抱得更緊。

男人笑了起來。

「加爾洛，你想牽連其他人？嗯？」語氣很輕，但充滿某種青鳥還未知的惡意威脅。

「別忘記，我們可是被『神』選上的使者。」

「哈？」青鳥發出詫異的聲音，然後他看了看懷裡的小孩，感到迷惑。

難道他剛剛的推測不對，其實這年代很多線索？直到他們後世才歷史斷層？

「你的技術可以爲我們擴充神殿，讓指引我們的武神再無阻礙……控制區區一個星區不是問題……」男人露出有些痴迷的神情。

「……」

！

懂了啊靠！

這是小型邪教！

出身第四星區的青鳥太清楚這種操作了。

過往不是沒有挑戰主要信仰的小教派，相反地，在一些化外之地多少出現過，主要用來吸納金錢、控制人心，例如強盜團。

對方嘴裡的武神十之八九就是什麼帶領強盜團走出眾神陰霾的新希望，教義搞不好還是那種「古代神都是一場騙局，眞正的神正要降臨，迎接日已經到了，來吧信徒們一起迎接武神……」之類的。

「你有在外人面前展露過技術嗎？」青鳥抱著小孩，往旁邊避開時小聲問：「例如入侵不該入侵的東西、移動不該移動的東西？」

加爾洛雖然不知爲何眼前的奇怪大人會曉得這些事，但他還是比了「一點點」的手勢。

一點點也很夠瘋大人更癲了，青鳥從不懷疑這孩子的能耐。

男人再度出手襲擊，與此同時三名聯盟軍也圍過來，聯手將男人逼出快破碎的防護壁。

幾乎這瞬間，巨型機組的機械臂從上方狠狠落下，眼見即將直落在那三名年輕軍方頭上。

見狀，加爾洛突然掙開青鳥的手。

基於對後世琥珀的信任，青鳥沒有控制住孩子的危險動作，反而護在他身後，讓他可以不用分心地自由發揮。

個頭小小的孩子向前一跨，翻過來的手心上出現幾枚像是程式般的流動圖紋，原來加爾洛把微型晶片埋在皮膚底下規避有心人的追蹤，現在一觸發便露出了像刺青般的藍光，優美有規律的線條在小孩蒼白的手掌上一波波蕩出如同魔法被召用的漣漪。

漣漪擴散的同時，巨型機組瞬間遭到影響、卡頓了數秒，像是活生生被人按下某顆按鍵，往下重擊的作業臂倏地停止，機械內更傳來零件被攪動的不祥聲響。

聯盟軍三人組捉住時機，發現破綻那秒他們並沒有繼續頑強抵抗，而是深知自己的能力無法對付這種破壞機甲，立即判斷以防守爲主，拖延時間讓其他聯盟軍過來。其中一人揮動武器開出一條路，並對青鳥兩人喊道：「快逃！」

青鳥快速抄起小孩往機組露出的縫隙逃。

後頭的聯盟軍三人組阻擋了那個想衝上來抓人的冒險團男子，對上沒有鐵甲的人類，聯盟軍的武力還算很可以，畢竟都三打一了，擋不了就真的要回去重練。

如果用的不是他人身體，青鳥覺得自己的「瑞比特」完全可以把冒險團的人打得滿地滾。

可惜現在是換殼。

正在思考要往哪邊跑比較安全，儘可能避開潛藏的其他冒險團、或說是強盜團，懷抱裡的小孩拍拍他的手臂，開口：「往左邊，我的同伴來了。」

青鳥並沒有看見其他人，但還是按照小孩指引的方向全速奔去，不過他覺得可能不會那麼順利，畢竟剛剛那男的拖了他們這麼多時間，如果對方召喚了同伴，應該也有其他攔路的傢伙到了。

果不其然，高速衝刺跑到一半，旁邊毫無預警跳出帶著殺氣的陌生人。

青鳥掃了對方服飾一眼——這應該也是僞裝成冒險團的強盜團員之一，與正在和聯盟軍三人組對峙的男子裝扮雷同。

青鳥飛速旋身避開往自己而來的能源槍攻擊，藉著躲避的換位全力一跳，把他和加爾洛一起拋進隔壁已經歪斜的建築物頂樓陽台。

說時遲、那時快，一道疾風劃過了青鳥身側，彎月似的風刃凶狠地斬斷後頭強盜團的武器，連同他持槍不放的手臂。

暴怒的呼痛聲傳來，而在青鳥兩人所在的破損陽台尾端突然跳出一名青年，他身上穿著的深色衣飾看上去沒有星區特徵，更像冒險者們拼拼湊湊的強烈個人風格，一張冷酷的帥臉隨意般掃過倒在旁邊的兩人，接著扭頭去應對包圍過來的強盜團。

青年的身手非常厲害，幾乎在青鳥拉著加爾洛起身拍衣服之際，就把暗藏的兩、三名強盜團收拾乾淨，還抽出條繩子開始朝這些人綑綁。

「加爾洛！」慢了十多秒左右，另外一道呼喚聲從下方傳來。

青鳥往下一看，一樓街道上站著一名少年，約莫十五、六歲的模樣，同樣穿著深色同款服飾，與那名正在收拾強盜團的男子很像，他露出陽光般的大大笑容與虎牙，開心地揮手：「終於找到你了！我們找你好久啊！」

不知為何，青鳥總覺得這傢伙的五官某處有點眼熟，但看不出是誰，於是他暫且沉默，看著這陽光少年手腳俐落地爬上陽台，朝他們走來。

「阿蒙。」加爾洛往對方揮揮手，原本冷冰冰沒什麼表情的小臉露出一瞬放鬆的神情。

「這是……新朋友嗎？」被喊為阿蒙的陽光少年抬頭，歪著腦袋上下盯著青鳥看，然後比劃了下兩人高度。「唷！感謝你照顧我們家的加爾洛，這孩子不善聊天，希望沒有給你造成什麼麻煩。」

青鳥笑了笑，不曉得爲什麼有種想戲弄一下對方的感覺：「不會啊，我正打算把他帶回家養呢，這孩子太瘦了，得要好好養胖。」

阿蒙瞬間變臉，連忙大吼：「不行，不可以！這是我們家的小孩！嚴禁偷走！哥！又有壞人要偷小孩了！」

因爲他的聲音實在太大，連附近的聯盟軍都側目看來。

一把折斷破壞機組鐵臂的男子瞥了一眼，冷漠地說：「不要亂講話，人家並沒有。」接著繼續與後面趕來的聯盟軍合力拆解整座巨型機械。

隨著聯盟軍與軍方主力抵達，陸續開始有民間正義人士出來幫忙，原先大肆破壞的巨型機組堡壘在眾人的圍攻，以及加爾洛暗暗對系統下手的狀況下，逐漸崩塌。

「啊！你怎麼可以幫搶小孩的人說話！」阿蒙大聲指控，並衝過來搶小孩。

青鳥本來也沒有打算爲難對方，當然隨即手一鬆，讓小孩被搶回去。

身爲被搶的加爾洛看上去也很無言，不自覺翻了個白眼，可見少年這種無厘頭行爲並不是第一次。

全場最著急的阿蒙緊張地盯著青鳥：「拒絕條件交換，拒絕小孩綁架，拒絕帶走小孩，我們家的小孩是我們家限定的，外人禁止垂涎！」

看得出來他是真的很著急。

轟然一聲巨響，鋼鐵怪物終於被迫中止運行，整個在破敗的大街上歪斜癱倒。

多虧加爾洛的隱藏侵入及青年爆炸性的可怕攻擊力，核心被毀壞的巨型機組沒有再啓動的可能性。躲藏在裡面的強盜團很快束手就擒，一個個從堡壘裡被聯盟軍撬出，打包上路入獄一條龍。

與軍方合力處理危險威脅的男人從高處跳了下來，一把撥開自己愚蠢的弟弟，然後向青鳥伸出手，「阿利爾，謝謝你的幫忙。」

青鳥與對方握握手，笑笑地說：「嗯……你可以叫我青鳥，沒有什麼好謝的，這是應該做的。」

男人淡淡彎了下唇角，看得出來眼前高大的壯漢滿臉真心誠意，很理解地沒有繼續說什麼感謝的場面話。

阿蒙這時也回味過來對方是在耍自己，沒好氣地牽著加爾洛跑開，杜絕更多覬覦：「謝謝你啦，你需要什麼謝禮嗎，或是我們可以大吃一餐。」

幾人這時環顧四周。

街道經過強盜團的肆虐後，基本已經沒有幾塊可以好好站著聊天或吃飯、感動重逢的地方了。

於是大家便順從阿蒙的提議，先向聯盟軍打過招呼後，於幾條街之外的地方重新找了間沒有被破壞的大酒館坐下來吃飯聊天。

✦✦✦

「這地方不錯啊。」

阿蒙環顧著因爲位置較遠而躲過一劫的酒館。

因爲剛剛才發生過強盜團攻擊的大事件，酒館裡幾乎全滿，座無虛席的大廳內全是熱烈的相關討論，所有人都針對強盜團入侵並且破壞好幾條街道一事提出各種看法，甚至出現是其他星區惡搞破壞的陰謀論。

能順利找到位子還得歸功於青鳥這具身體的原主人奇妙的人緣。

遇到「認識」的朋友後，這位友人在酒館樓上幫他們開了一間小包廂，還友情贈送了兩壺兒童可喝的果汁。

被放到座位上後，加爾洛拉了拉阿利爾的袖子，「蝦子，很好吃，他請我吃了很多的蝦子。」

阿利爾原本冷冰冰的表情融化些許，神色帶點溫柔地開口：「你很喜歡吃蝦子嗎？」

青鳥這時才注意到，原來這兩兄弟並不知道加爾洛喜歡吃蝦子，也許是這孩子先前並沒有表現出喜歡吃什麼的模樣，或是他們之前沒有特別吃過蝦子大餐。

「嗯。」加爾洛點點頭，彎了彎湖水綠的眼睛，露出一絲難得的愉悅。「我喜歡吃。」

「喔？原來眞的有你喜歡吃的東西，這眞是太好了。」阿蒙坐在一邊高高興興地翻開菜單，非常不客氣地把蝦料理從第一項點到最後一項。

看來他們確實不知道小孩喜歡吃蝦子，青鳥感覺自己可能開了人家的什麼未知開關，也不知道是「最初」就很喜歡吃蝦子但沒有表現出來，還是現在才開始喜歡吃蝦子。

反正喜歡就可以了，也不需要太多理由。

阿利爾大概意識到這個喜好是青鳥幫忙找出來的，不自覺又看了這名好像很普通的碼頭居民一眼。

確實非常普通。

然而剛剛悄然展露的身手不是假的，大概是有某些原因隱藏了己身，但在加爾洛一事上，對方確實沒有任何惡意，反倒怪異地有著滿滿善意。

青年反覆確認過碼頭居民確實無害，再度收回了視線。

感受到對方評估的眼神，青鳥笑了笑，沒有說什麼。

很快地，眾多蝦料理開始上桌。

一邊吃飯，一邊與阿蒙聊起天，在加爾洛的默許下，青鳥才知道他們是兩年多前在其他星區因緣際會認識。那時小孩不知爲何正在流浪，沒有家人也沒有住所，一個人孤孤單單地在原始叢林的外圍小屋裡短暫棲身；隨後被身爲冒險者兄弟的阿蒙兩人帶著一起上路，後來展現了很難得的可怕智商，無論是現代科技或是古代遺留科技都可輕而易舉操作，爲此兩人一直在掩飾小孩的超級智慧與能力。

這次會被海盜團盯上，也是因爲他們在旅途時的疏忽，讓孩子的能力被窺見，趁著海上意外時直接擄走孩子。

阿利爾和阿蒙等人雖然很著急，但仍耐著性子一個個地方尋找。

被捕捉的加爾洛那邊則是遭到了威脅，所以並沒有第一時間聯絡其他人，直到來了這座碼頭後，強盜團的戒心鬆懈下來，他才把定位傳送給阿利爾幾人。

「我哥可是一直在煩惱要怎麼安置他。」阿蒙摸了摸正在吃蝦子的小孩腦袋，嘆了口氣。共同生活以來，加爾洛表現出不想被他人收養，也很排斥上課的模樣，至今仍未定下眞正住處。「你說你呀，就算拒絕被其他家庭收養，我們兩個也跟你說過我們可以買房子，然後住在你喜歡的地方，這樣大家並不會分開，而是快快樂樂地生活在一起呀。」

加爾洛把蝦子吞進肚子裡，才淡淡地開口：「你們不喜歡。」

青鳥聽得出他的意思，這孩子是說兩兄弟喜歡居無定所的冒險，他們其實並不喜歡固定在一處老死，這會讓他們像是被剝奪自由飛翔的鳥類，只能低垂腦袋委屈至死。

這樣的事情他不想做。

「也沒有到不喜歡，我們本來就有打算要買房子安定下來，只是提早了一點而已，而且買了房子我們還是可以出去冒險的啊。」阿蒙聳聳肩，看了看他沉默的大哥，「對吧？老哥。」

阿利爾點點頭。

「……」加爾洛戳著蝦料理，沒有說話。

其實這就是典型的雙方都想讓彼此能過自己喜歡的生活，不想讓對方遷就或痛苦，所以兩邊看上去有點爲難，還彼此不讓。

青鳥笑了笑，看著那小孩露出有點熟悉的困擾模樣，斟酌了下，確定沒有違反過去的發展才開口：「你知道嗎，其實只要你開心的話，喜歡你的人就會很開心，他們並不會覺得委屈，因爲大家是眞的喜歡你。」

「對對對！」阿蒙立刻拍桌點頭，「這大叔說的沒錯！我們沒有覺得失去自由，我們也很想看你好好地上課，然後拿第一名，因爲我拿不到啊哈哈哈哈！」

「……」阿利爾無言地看著自己的智障弟弟。

功課不好有什麼好炫耀的嗎？

加爾洛依舊很躊躇，小心翼翼地看著男子。

「是，沒錯，我並不介意住在哪裡。」阿利爾低聲開口：「在我們開始遊走世界之前，我們也是住在固定的地方。」

從阿蒙的解釋中，青鳥才知道這名超級能打的男子竟然是一位植物研究學者，看起來年紀很輕，其實已經三十多歲。阿蒙與他是年紀差距很大的兄弟，阿利爾原本長年在外研究星球原生植物，並經常發表學說與論文，直到幾年前雙親去世，阿蒙才吵鬧打滾著開始跟著這個哥哥到處冒險，改爲在線上完成學業，定期就近在所在地學校連線考試。

他們確實有房產，在第二星區，也已經好多年沒有回去。

阿蒙打算帶加爾洛回家，或者找一個大家都很喜歡的環境買房，然後讓小天才可以就學，用學識霸凌其他的小孩。

「不知道爲什麼，當這種家長就會感覺到很爽。」阿蒙補充：「自己辦不到的，讓下一代去毒害其他的孩子們。」

聽起來好像也不是什麼好話，但青鳥可以理解這個感覺，因爲他家琥珀在碾壓別人的時候，他也覺得很爽。

加爾洛看著這些心靈不太健康的大人們，感覺他們比小孩都不如。

「你是不是又在心裡偷偷罵人幼稚了呢。」阿蒙戳了戳小孩軟綿綿的臉頰，獲得對方無視。「那就這麼愉快地決定了，我們可以回家，或者買一個新家。」

比起剛剛的抗拒，小孩這時看起來像是默認了，沒再開口反對。

阿蒙兩兄弟只在港口休息一晚，按照他們所說，他們還有其他同伴正在四處尋找加爾洛，他們也該回去和其他同伴會合了。

臨別之前，青鳥蹲下來與小孩平視。

他不確定自己還能在這裡待多久，但這孩子即將遠去，他無法告訴對方未來那些可怕的事，也無法給予他們任何提醒，所以他只能說——

「無論以後遇到什麼事情，希望你都可以開心，並且相信大家都不會怪罪你，即使世界或者命運無法如任何人所願，但請你要繼續相信自己，以及喜歡你的人們，我們不會怪你，我們一直都很喜歡你。」

湖水綠的眼眸有點疑惑，又有點釋然，現在的孩子還無法預知將來所發生的事情，但他下意識地抬起手，緊緊牽著阿蒙的手指。

「沒錯，我們一直都很喜歡你，因爲你是弟弟呀。」阿蒙露出陽光般的笑容。

加爾洛怔怔地看著身邊幾人，最後小心翼翼地，點了點頭。

「所以未來有機會的話，再見吧。」

這是青鳥以斯維特的身軀，最後向加爾洛說的話。

✦✦✦

再次從黑暗中甦醒的時候，看見的是熟悉的天花板。

青鳥抬起手，短短手指、短短的手臂。

眞難過。

身體又縮水回來了。

他那八塊肌的威猛身軀連三天都用不到，還沒弄熟呢，壯碩的鴨子又飛了。

所以說，好想要八塊肌啊。

早晨煎蛋的香氣從門縫裡傳來，還有一點奶油的氣味，或許某人正在拿出最喜歡的食材，試圖弄出一桌豪華蝦料理滿足私慾。

從床上翻起身時，他看見床頭櫃擺放著一個看上去很有年代的小木雕，這是前幾日和琥珀逛街時，在一間沒招牌的奇怪無人小店購買的工藝品。

不知道爲什麼店裡東西不多，但這個工藝品非常吸引他的注意，所以青鳥沒多考慮什麼就把東西買下來了。

小木雕是獵豹的模樣，純手工雕刻，相當古樸可愛。

快速洗漱完畢，青鳥帶著一身晨起的香氣與一點點水氣走進餐廳。

「早安啊。」端著盤子出來的小茆愉快地向他打招呼，一點都沒有自己是突然出現的訪客的意識，活像在自己家般，非常自如。「早餐做好了唷，快點吃飯吧。」

通常小茆這時候出現在家裡，十之八九是帶來一大堆小禮服，因爲懶得等他過去，便興致勃勃地衝過來要讓他試穿。

琥珀這時已坐在餐桌邊，叉子戳著盤裡的奶油蝦，旁邊還放著一杯不明的金色液體。那張數十年如一日的白皙面孔與夢境裡的孩子有點重合，活生生就是成年版的「加爾洛」。

嗯，連吃蝦子的動作都很像。

可惜琥珀沒有加爾洛那份孩童特有的單純，不好騙又不能拐。殘念。

「早啊，琥珀、小茚。」青鳥跳下最後一級台階，走到餐桌邊看著小茚準備的愛心早餐，順手就往琥珀的腦袋擼了兩下，在對方打過來之前立刻抽手離開。

又是一個和平的早晨。

青鳥並不打算去查閱歷史，也不特別去確定是否眞的有斯維特、阿蒙、阿利爾這些人的存在。

因爲琥珀現在就在這裡。

他們經過了許多的事情，許多的分離，還有許多的血與淚，最後又回到這裡。

也許過去的那些人們只留下了遺憾及悲傷分離。

但青鳥可以確定的是，無論是阿蒙或者是他，或者是任何一個喜歡琥珀的人，大家都不會怪罪他，即便遇到最後那可怕的事情都一樣。

「琥珀，我們只要知道你過得很好，我們就會很開心。」

正在戳蝦子的琥珀動作一頓，湖水綠的眼眸看過來，有點疑惑今早對方突然吐露的微妙眞心話。

半晌，青年淡淡地一笑。

「我知道。」

「我一直都知道。」

而我，也眞的希望你們能夠永遠地開心。

永遠地……活下去。

琥珀淡淡笑著。

眼裡卻有一絲久遠的遺憾，與……無法被察覺的哀傷。

但那也是過去很久的事了。

爲了不辜負那些一路走來的所有人捧上的心意與眞誠。

他會記住已經離開的。

更珍惜身邊留下來的。

「現在的我，過得很好。」

「未來的我，也會一直過得很好。」

直到……最終結束。

〈兔俠．故去夢〉完

賀！
護玄老師
20年
Roo 2025

8.Floor 舊往夢

雲武看著眼前緊閉的大門。

緊閉的鐵門還有點微微的輕震與殘留的嗚響。

畢竟十秒前，這扇大門直接對著他的鼻尖甩上，毫不留情、沒有餘地，甚至包含著一種「拜託你快點走」的求饒意味。

好吧，也不是什麼太讓人意外的事情，如果被甩門的經驗能夠當業績，那他現在可能是全店業績之王了，誰教他被甩門的次數沒有千次至少也有百次，而且速度之快，很常一開就甩，簡直快過單身三十年的男子。

這大概就是業務員們的夢魘了：「推銷被拒」。

只不過到他這邊還要加上一波尖叫與恐懼，以及偶爾無預警的奇葩攻擊，最後很高機率被左鄰右舍報警。

認眞地向條子杯杯解釋自己眞的沒有殺人意圖也不是黑道入侵的經驗如果可以換算成薪水，那他大概能夠百萬年薪起跳。

可惜無論是甩門或是被盤問，都不能等價交換。

他其實，眞的只是想推銷一個好用的熱水器。

然而他這張萬中選一的臉，以一顏之力拖垮了他的業務。

即使爲了好好推銷公司這安全性超高、性價比也超值的熱水器，他日以繼夜不斷學習各種新技能來應對客戶，讓客戶有賓至如歸的體驗，但總是在莫名其妙的地方人生開始走歪。

比方說眼前——

「你說你是來賣熱水器的？」

低沉的男性嗓音從老舊公寓門後傳來。

這扇待會兒有機率會摔在業務員臉上的門可能年紀比他還大，油漆斑剝，底下居然還露出彷彿上世紀遺留的初代版本顏色，給人一股很適合借給劇組拍點什麼恐怖片的感覺。

不過也就是這種沒有警衛、無人管理的極老式公寓才方便他們這些推銷員進出，而且建築物古舊，比較容易遇到需要更換各種電器的家庭，運氣好一點甚至能一連遇到幾戶都做成業績——當然，遇到的不是他，這種傳說只發生在他們店內的業績冠軍王身上。

從門後走出來的是名魁梧的中年男人，雙臂與胸口、背部有大面積刺青，很隨意地穿著吊嘎、四角褲與藍白拖，標準一臉狂放兄弟人打扮。男人叼著根未點燃的菸，一頭亂髮又雜又鬈，好像起床後沒梳過頭，眼窩陰影很深，眼神有些渙散，整個人散發一種彷彿剛從地獄爬出來不久、想徒手把打擾者脖子折斷的頹廢感。

如果不是這屋子沒有奇怪的氣味，雲武可能會考慮先報警。

眼前雙眼無神、帶著一股淡淡殺氣的魁梧大哥的香菸濾嘴都快咬爛了，似乎用了很長一段時間折磨這根肺毒品。他上下掃視著敲門的陌生人，突然一巴掌打在雲武的肩膀上，語氣過度親熱地開口：「先不說熱水器，來來來哩來。」不由分說，直接把雲武連拖帶拉拽進房子裡，「攏是自己人，先幫忙罩個場子，我拉一下屎。」

誰跟你是自己人？

雲武來不及抗議，踉蹌地被帶進屋內，歷盡風霜的大門砰的一聲在身後關上，不知道是怕被外人闖入，或是提防他一言不合直接逃跑，聲音裡帶了點奇妙的求助感。

「當自己家欸！」

男人撂下這句話之後，屁股就像夾了一顆炸彈似地瞬衝進屋內深處。

「……」

所以說，罩什麼場？

他沒有這個業務啊！

後知後覺自己可能又被捲進什麼奇奇怪怪或者很刑的事，雲武緊抓著公事包，並打開手機錄影功能，打算等等如果有東西攻擊他時進行合法且合理的反擊。

接著他深呼吸，做好看見什麼違反槍砲規定或是幾級毒品分裝現場的心理準備後，緩緩地、緩緩地回過頭，戒備森嚴地看向客廳。

結果他對上的不是刑事，而是一雙亮晶晶的天眞無邪。

「嗚嗚……」

雲武震驚地與坐在嬰兒床裡的迷你人類互瞪。

沒有裝子彈的槍、沒有正在分裝的毒品，也沒有一大堆打算要詐騙的手機，連幻想裡的小弟都沒有。

就只有一個可能僅僅一歲大的嬰幼兒，努力地想坐直身體，疑似音波攻擊蓄力中。

大概是感受到來自外界生物的高壓氣場，嬰兒眉頭一皺，蓄力進度同步結束。

說時遲、那時快，雲武還來不及做出任何反應，像地雷啓動的嬰兒警報直接高度噴發。

這大概是第一個不受威壓硬控的生物，一點面子都不給，豪放自我地瘋狂大哭，激烈的啼叫充滿來自生命原始的震懾力與毀滅力，足夠斷開任何成人的腦部神經。

「奶在廚房！」

逃跑的刺青爸爸聲音從屋內深處的廁所飄出來，像一抹在化糞池上掙扎的幽魂。

……剛剛不能先說嗎。

雲武沉默。身爲一個推銷熱水器的業務員，理論上他沒有提供照顧嬰兒的服務，但作爲一個為了多元開發業務的認眞好社畜，他與社區媽媽們一起上過照護嬰幼兒的培訓課程，因此還眞開發過相關能力，同班的社區媽媽們對他修習的成果都豎起大拇指。

無論如何，他確實不能把一個正在號叫的迷你型人類獨自一體留在這個地方，於是他硬著頭皮抱起小炸彈，忍住了耳膜瀕臨爆裂的抗議，穩穩抱著孩子往新地圖、也就是別人家的廚房邁去。

毫不意外地，他果然看見了另一場災難。

刺青爸爸非常完美地詮釋什麼叫作：眞．新手爸爸。

瓶蓋散落，奶粉天女散花後斑斑駁駁地鋪在地面、流理台檯面，以及任何眼睛可見的平面處，滾在一邊的奶瓶上沾有可疑的深色液體，水槽裡的幼兒小碗沉澱著一坨看不出原形的黑暗扭曲物，更別說水壺裡殘留的水早就冷到比他的心還冷，甚至角落還有一碗不小心被踩了一腳、已經爆開的花雕雞泡麵。

雲武眼前一黑，三秒後再次振作。

逃避眼前依舊逃避不了現實，他只能選擇面對。

於是他單手托著把鼻涕眼淚糊在他襯衫上的嬰兒，單手重新清洗過水壺、裝水後放到瓦斯爐上加熱煮開，等待期間清理眼下一片凌亂與消毒待會兒須要用到的各種器具。

好不容易等水燒開、把奶水調到溫度適中，他立刻把奶瓶塞進差不多也哭累的小砲彈嘴裡，幼兒期人類終於乖乖開始喝奶，並且很給面子地咧出了一個五官牽絲的笑容。

安靜了。

世界終於安靜了。

雲武鬆了口氣，有種靈台終於恢復清明的錯覺。

他把喝奶的嬰兒放到旁邊的兒童餐椅上，開始打掃整間廚房。這工作說大不大、說小不小，但絕對值得把屋主押著好好上一次課。

等到所有用品清洗乾淨、歸位，垃圾也都打包，逃跑的刺青爸爸終於出現了。

「感謝啊，兄弟！有小孩之後，連大便都變成奢侈活動了。」刺青爸爸一邊拉褲子，一邊感慨，語氣誠懇到讓人無法對他吐槽。

雲武無言地把抱著奶瓶的嬰兒塞還給對方，「小孩不要亂給陌生人啊，大哥。」

「不就是看你值得信賴的樣子嗎。」男人把小孩舉高轉了兩圈，將剛剛還在爆炸的嬰兒逗得咯咯笑後，才繼續說道：「你給人的感覺就很像我那些兄弟，有義氣！」

「呃……我並不是那條跑道的。」雲武不知道第幾次澄清自己的職業：「我只是業務員。」還有，他說的絕對不是一般兄弟吧！這種存在的兄弟真的可以託付嬰兒嗎醒醒！

「懂啦懂啦，偶爾兼差，看破不說破。」刺青爸爸大氣揮手，很阿莎力地說：「名片來一打，幫你放在大哥店裡，哪天誰家水管壞去還是瓦斯爆炸就找你。」

「敢問是什麼店。」雲武眼前一黑，有種胃又開始痛起來的感覺。

「安心啦，合法經營，多元開發。」刺青爸爸語焉不詳地回答，眼神有點飄忽。

……感覺更讓人不安了呢。

最後，雲武當然沒有給他一打名片，而是留了一份型錄，有需要時可以考慮考慮。特別強調熱水器只能用來熱水，沒有其他附加功能，不能引爆也不能用來塞別人的腦袋，所謂熱水器就是燒熱水供日常使用。

刺青爸爸隨便翻了兩頁，用某種奇怪的目光看他：「我當然知道熱水器是用來熱水。」彷彿在看什麼不懂事的年輕業務菜鳥。

雲武就擔心他不只是用來熱水。

「對了，你們跑這種業務的，好賺嗎？」刺青爸爸坐在地毯上一邊和嬰兒玩耍，一邊好奇地詢問。

「看人吧，我們公司金牌銷售就做得很好。」雲武一邊整理公事包，語氣很淡，沒有什麼特別看不開的情緒。他有這張臉和自帶的DEBUFF，路人不嚇跑已經是阿彌陀佛，早就不奢望能夠混進什麼年薪百萬的業績王者戰場，能保有工作過生活就很讓人滿足了。「其他賣東西的我就不太清楚，大概還是看人吧。」

畢竟這年頭賣顆假石頭都可以被人供成發財石，狂賺六位數起跳。所謂的人敢騙多大，夢就會有多大。

「喔～我有個朋友想轉行，改天介紹你們認識認識，你們還有點像。」刺青爸爸把嬰兒一把塞進雲武懷裡，極爲不見外地把路人當成臨時托嬰工具。

大概經歷過共患難的餵奶，彷彿對恐怖氣勢免疫的小嬰兒直接坐在寬大的懷抱裡拍手，咿咿呀呀說著模糊的外星語言。

「吃點東西再走吧。」刺青爸爸邊說邊踩著藍白拖走進廚房。

雲武本想推拒，剛剛廚房的模樣實在是不像會煮飯的人幹得出來的事，各種亂七八糟與污垢的畫面就像臨終的走馬燈閃進他的腦袋，而對食安的憂慮則在瓦斯爐瞬間噴火之後達到最高點。

眞的煮得出來東西嗎！

根本是氣爆吧！

雲武秒衝過去關瓦斯。

結果該說意外也不意外，最後還是變成他煮，刺青爸爸站在一旁，一點都不慚愧地和小嬰兒雙雙捧場地拍手讚聲。

如果不是看在孩子的份上，他其實很想讓炒鍋的鍋底與男子的腦殼相接觸。

看過冰箱裡貧乏的材料，雲武排除吃了會死人的腐敗食材後，勉勉強強湊出兩菜一湯。這家裡的食物匱乏到過兩天這對父子可以直接餓死——挖出來的青菜大多全萎，不知道買多久的蛋敲開後還好沒壞，冷凍庫裡的眞空魚片有效期限剩三天。

因爲米早就用罄，只能另煮兩碗泡麵作爲大人的主食。等候魚湯的同時，他順手還幫小嬰兒磨了一點水果泥、換尿布，外加擦乾淨並消毒小玩具。

「要不然你不要當業務員，當保母好了。」刺青爸爸一邊往嘴裡塞菜，一邊感嘆，深深地表達出對於這手廚藝與照顧孩子熟練度的佩服。「賢妻良母，自嘆不如。」

「你覺得有可能嗎？」雲武指指自己的臉。賢個屁。

刺青爸爸差點笑到把菜噴出來。

✦✦✦

後來，雲武還眞的賣出了熱水器。

塡飽肚子的刺青爸爸抱著嬰兒，領著他大搖大擺敲開了幾戶人家的門。

老舊社區與現在的新大樓不同，尚且保存著一點人情冷暖，誰家有點什麼事多多少少都可以藉由婆婆媽媽們的情報網相互傳遞，幾乎沒花多久時間，還真讓他們問到了兩、三戶須要換熱水器的人家。

大多是獨居老人，因爲孩子沒有回來，即使知道熱水器出問題了依舊沒叫人來處理，繼續忍受時冷時熱的小毛病，正好有人居中牽線還保證會負責全程監督，便開始心動兼遲疑。

刺青爸爸大概是社區小有名氣的人物，爽朗地與居民們來回聊了幾句，賣幾次面子說「我兄弟賣的、有問題找我」，這樣一來一往，竟眞的幫雲武拉到了幾張訂單。有些還沒決定好的老居民則在一邊繼續翻型錄，允諾和家人商量商量，眞需要的話就找他云云。

「不用客氣，有空再來玩，那我有事先閃。」摸摸懷裡開始打瞌睡的嬰兒，刺青爸爸揮揮手，與一圈老人們熱絡地交代兩句，很快就抱著小孩離開了。

幾名還在門口的老人家一邊翻著型錄，他們不約而同地抬起頭目送刺青爸爸離開的背影，發出幾人才聽得見的小聲感慨。

「阿明雖然看起來嚇人，不過對他妹的小孩還是有認眞在顧啊。」

「是啊，不過那小子以前就和他妹感情不錯。」

雲武腦袋上緩緩打了個大問號，但基於那是別人的隱私，所以沒有開口詢問。然而老人家的閒聊，不是你不開口問就不會聽見，似乎熟知刺青爸爸家狀況的一眾住戶們一旦有人起了頭，就開始你一言、我一句地交談起來，而被刺青爸爸介紹來的雲武直接被劃入「知情者」陣營，完全沒人想過要防著他。

從這些住戶零碎的交談中，雲武拼湊出——原來嬰兒並不是刺青爸爸、也就是阿明的親生骨肉，而是他道上兄弟與妹妹留下的孩子。

阿明本名謝振明。

他有個相差兩歲的妹妹，兩人的父母很久前一個出意外升天了，一個不怎麼負責任、直接拋棄小孩跑路，至今下落未明，幸虧僅有的爺爺死時給他們留了點錢，加上里長和一些心善的鄰居偶爾接濟三餐，才讓兩兄妹不至於年紀小小就餓死。

兄妹兩人同樣不怎麼喜歡讀書，且家裡無大人管束，相依爲命的兩兄妹早早走歪，都不是什麼傳統的好學生，課業一塌糊塗，當時在國中老師的輔導下報了技藝班，高中畢業後就跟著「大哥」與「兄弟姊妹們」一起混道上。

據說那一掛人混得很凶，爲了搶地盤、生意，逞凶鬥狠，時不時一頭一臉血地返家，當年不管是誰看見他們都非常擔憂，派出所進出頻率高到可以掛個簽到本，是這社區裡人人皆知的小混混二人組。

也許是這個社區的長輩與師長們在他倆成長期間多少有伸出援手，沒有白眼以對，經常和藹地讓孩子們去家裡吃飯、贈點自己汰換的衣物家具。長大出去混的兩兄妹從不爲禍這老舊破爛的小社區，相反地，如果有壞人還是什麼壞學生來欺負這邊的住戶、小孩子時，他們還會把人打跑附加凶惡警告，以至於敢在老社區鬧事的人很少，就怕引來他倆的拳頭。

「以前就有過那種詐騙犯想要騙老人，後來被阿明打進警局。」年邁的老太太邊捶膝蓋邊這樣說道：「詐騙死好。」

因爲兩兄妹長年在此地出入，這一帶的住戶反而不太畏懼雲武的臉，三言兩語就一起聊了起來。

「他們倆混歸混，心地還是不錯。」

雲武聽著，大概可以理解爲什麼阿明看起來比自己更像黑道，但左鄰右舍卻不怎麼怕他，反而挺親切相處的緣故。

可惜，出來混的，終究要還。

兩兄妹或許不是什麼大奸大惡之人，但終歸不是什麼好人。

他們活在無法照光的底層，沒有人陪他們建立遠大的生活目標，渾渾噩噩地幹過傷害他人的事情，替老大搶過地盤，與其他幫派結下過梁子。

就如那些看起來彷彿眞理的話：有因即有果，果報將至時，無人可抵抗。

阿明的妹妹和她老公在跑「小販」路線時，因爲遇到一些更爛的人，誤入原本就是敵對勢力的地盤，引發爭執，那邊不少嗑壞腦袋的人凶性大發，而敵對勢力也刻意放縱，在毒蟲暴動中，把兩夫妻亂刀砍死了。

事後阿明和他們大哥去討命、去要凶手，但無論如何人就是已經死了，即使向凶手砍再多刀都沒可能把人救回來，兩人身後只留下一個剛出生沒多久、還在保溫箱裡的嬰兒。

據說妹妹和妹夫原本是要跑最後那麼一單，拿到錢就收手不幹，退出來頂個正常的小攤位好好地過生活、養孩子。爲此妹妹月子都沒坐滿，收拾好貨就和丈夫一起上路。

天不從人願，兩夫妻就這樣子永遠葬身在他們的地下事業。

阿明處理完妹妹和妹夫的後事，沒聽其他人的勸送走嬰兒，而是把孩子留下來了。像是想要繼承妹妹的遺願似地，一肩扛起了養育照顧小孩的責任，從此金盆洗手，做起一些正當的小攤販生意。

「人現在在夜市賣甘草芭樂。」

老住戶們不由得感慨人生無常，接著看向站在一邊的雲武，語重心長地說道：「還好你年紀輕輕就已經浪子回頭，以後要好好做人，人生沒有過不去的坎，知道嗎。」

「……」從來也沒有浪子過好嗎？

雲武想辯駁，但看著和藹親切的長輩們，乖乖閉嘴了。

✦
✦
✦

深夜時分，小公寓的門被人輕輕推開。

雲武將動作放得更輕，習慣性地沒發出一點聲音，像貓般靜靜地將鞋子放回鞋櫃裡，然後提著簡單的兩人份便當，躡手躡腳地走進家門。

客廳裡並沒有往常會透出的電視光，甚至連燈光都沒有，整個空間一片噬人的黑與空曠無聲的寂靜，唯有主臥門底下傳來一點黯淡的光芒，在鄰近的地面切割出幾條光線。

他把便當輕輕放在桌上，旋身小心翼翼地將房門推開一條縫，藉由床頭燈隱隱看見床上捲著一團棉被，一動也不動。

他試探性地壓低聲音開口：「媽……？睡了嗎？」

對方並沒有回答他，不知道是真的睡著了，還是不想和他溝通，如同過去偶爾會發生的拒絕交流狀況。

這種時候只能讓對方待到想要理他爲止，做其他事情都無效，他也不想動手強迫對方。

無奈地再關起房門。

走進廚房、點亮燈，裡頭沒有開伙或使用過碗盤的痕跡，冰箱裡的預備餐盒也都放得好好的沒動過，早上出門前怎麼擺的，現在就是什麼模樣，顯然房內的人沒有吃晚餐，很可能連中餐也沒動。

雲武打開客廳抽屜，放置在裡面的藥物與能量包倒是動過一些。抽屜裡針對疾病與各種慢性症的藥包、藥瓶很多，消失得最快的是止痛藥。不只醫生開的，還有更多是從藥局買的、私下不知是透過其他病友或親戚管道買來的強效止痛藥物，滿滿一整排，乍看之下相當驚人。

他嘆了口氣，關上抽屜，邊走邊鬆開襯衫釦，挽起袖子。先將其中一個便當放到保溫袋裡，然後才拆開自己的那份，菜色全年不變，就是便當店最基本的那幾款，炸排骨、三色豆、炒青菜和滷豆腐，相熟的老闆大概看他今天一臉疲勞，還給他多加了一匙肉燥。

父親幾年前因爲交通事故意外離世，帶走了一家三口原本的歡樂，也帶走了母親的精氣神。這幾年來兩母子相依爲命，原本生活隨著他的畢業正開始有點起色與振作，前段時間母親卻被檢查出體內有惡性病灶，不得不從工作崗位上退下、安靜治療。

這件事情顯然對母親的打擊很大，本來想重新恢復精神的心情也瞬間轉爲慵慵懶散，就像再一次被人打進深淵裡，有時就會像這樣什麼都不吃，窩在床上躺著……未必是睡覺，就是躺著不動，也不出聲，好像活在另外一個他去不了的世界。

純粹消極，聽不進勸說。

縱使雲武努力學會各種奇怪的技能，仍無法彌補母親情緒上的失落，母親狀況好時會說他很聰明、厲害，但難以開心得起來，就像她已經把靈魂投放進冰河裡，很難再感到溫暖。

而當一個人眞正放棄了某些東西，例如未來或是生活時，旁人幾乎難以介入，說再多鼓勵、做再多事，多半都是換來一句「不要浪費時間」，以及更加緊閉的門扉。他無可奈何，只能儘可能滿足母親生活上所需，以及聯繫一些母親的舊友，四處拜託長輩們能偶爾抽點空，與母親聚聚、寬慰她，帶她重新點燃對生活的熱情。

他很清楚母親不是不愛他，她只是生病了，身體與心靈都生病，須要接受更好的治療，直到能恢復健康。

爲此他還偷偷請過幾位心理治療師喬裝成自己同事，上門來與母親聊聊，但也不怎麼有成效，甚至偶爾被發現後，讓母親的情緒變得更低落。

母親唯一關心的只有他的工作。

所以即便畢業後因外貌之故事業經常受創，雲武還是很認眞地做好工作，然後再找時間做一點兼差、學些技能，儘可能讓母親不爲他的工作煩憂。

父親離世那時有一筆不小的遺產進入母親的帳戶，但也在母親查出疾病後用掉了不少，雖然仍足以維持生活，因疾病而造成的金錢流失感，卻讓母親的情緒狀態每況愈下。

雲武學過基本的心靈話術，灌雞湯也懂，仍舊沒辦法改變母親不願面對生活與未來的頑強想法與堅持。

母親的「天」崩了兩次，現在她不願意再修補了。

而她的兒子，幫不上任何忙。

只能看著一朵原本堅強的花將自己牢牢縮進土裡，慢慢等待枯萎。

✦✦✦

一如往常地打開線上學習頁面，雲武端著飯盒坐在螢幕前，利用吃飯的短暫時間再多學一點東西。雖說可能很多眼下看起來沒有什麼用處，但說不定哪天可以在工作上被需要，例如今天不就幫上了刺青爸爸的忙了嗎。

很可能哪一天會學到母親有興趣的事物，能讓她從床上起來，對生活多一點好奇。

有些空蕩的客廳裡圍繞著死板的線上教學聲，語言老師講解著外語文法與分享小段的異國故事，伴隨著便當菜的氣味，通常這就是一天的結束。

或者，改天加入更多的烹飪學習？

說不定母親會對烹飪有興趣呢？也有可能願意多吃一點他做的菜？或者看不下去他點燃廚房，決定手把手教學？

有點放空地看著線上老師，雲武有瞬間如此想著。

是不是，再多學一點？

「……」

快速地吃飽飯，雲武打理便當盒與順手清理客廳，然後再檢查所有包起來的家具邊角，確認沒有會傷人的地方露出來。做完一切、正打算回房洗漱時，主臥那端傳來細小的聲響，像是某種物體拖著細碎的腳步，在地毯上畫出一條衰弱的軌跡，接著是女性的呼喚。

「小武……回來了嗎？」

雲武停住動作，看著旁側緩緩開啓的主臥門縫，反射性就想回應對方。就在即將開口瞬間，他突然意識到不太對勁，因為那扇門發出了一個很奇怪的聲音。

嘎吱——

家裡的門從來沒有發出過這種聲音，早在他學得一系列居家保養技巧後，家裡的各種用具都不會發出這種好像鏽蝕的刮擦聲。

套一句同事親戚說的話，他家簡直是標準的家具保養天堂，一有個什麼小問題馬上都可以修得嶄新如初。

「小武……過來呀……」房內的女性彷彿完全沒有察覺到什麼異狀，繼續幽幽地拖著尾音，像從房內最深處傳來：「小武……你在哪裡……為什麼……沒看見你……」

雲武這下真的反應過來，超級、超級不對勁。

首先他想起來，他開始工作之後因爲擔心母親在家會有什麼想不開的舉動，或者精神恍惚摔倒、忘記關瓦斯等等傷到自己的事，所以花了一筆錢請鐘點阿姨來按時幫母親煮飯，並處理一些家務，順便多少與母親聊天紓解心情。

而他到家時，鐘點阿姨應該會在家裡與他交接，因爲他的下班時間一直都是設定成和阿姨離開的時間剛好可以銜接。

他居然完全不記得這件事情。

爲什麼？

彷若一盆冰水潑在他腦袋上，他瞬間完全清醒過來。

看著只開啓一條縫便停下來的門，雲武猛然邁開大步伐，一把推開主臥房門。如他所想，裡面什麼都沒有，只有蓋著一層防塵布的家具，與長久無人居住的凝滯氣味。

這個時候，他媽媽應該已經去世了。

而他在母親去世之後，換了其他租屋，減少了回到這裡的時間。

所以他也不應該在這裡。

難道這就是傳說中的——作惡夢嗎？

因爲周遭環境過於眞實，加上先遇到了刺青爸爸，雲武竟然一整天下來絲毫沒有察覺到任何不對。

但現在隨著記憶歸來，他也重新想起關於那位刺青爸爸的事情——後來他其實還去過他們家幾次，除了小社區有須要監督熱水器裝卸的工作以外，阿明是眞的給他一種很不會養小孩的印象。

他認眞並深深懷疑如果沒多去看兩眼，可能下次社會新聞就會看見這對父子。

一開始很順利，阿明歷經左鄰右舍多方訓練後終於學會好好地泡奶粉、製作水果泥、製作嬰兒食物，偶爾雲武也會幫忙去帶一下嬰兒，收拾那個物理破碎的家，讓對方的甘草芭樂可以順利出攤。

當然，這個攤位開張時還是迎來了意料之中的販售艱難狀況。

阿明就算金盆洗手了，那身刺青和長年養成的戾氣果然讓他看上去不太像好人，所以大部分人繞開攤位是理所當然的。

不想帶著自己的臉去「加倍」這種境況的雲武，只能在遠方爲他加油。

幸好人們總是樂意接受新事物，包括有點與別人不一樣的攤位老闆，主要是甘草芭樂眞的搖得不錯吃，老闆也很捨得放料。

甘草芭樂的攤位逐漸步上軌道，從一天賣不到一包，變成一週有好幾日可以順利賣空，偶爾還能提早收攤。

一切可以稱得上是往好的方向前進。

不知道該不該說愉快的生活，只維持到嬰兒一歲半的那一天。

刺青爸爸在路上被車撞了。

不是意外，是尋仇。

依舊是那句老話，出來混的總是得還。

阿明為了嬰兒從道上急流勇退，有很多事情是他原本的老大與兄弟們幫忙善後，但不接受的死對頭仍舊存在，更別說有生死仇恨的人。

那些老對頭見不得阿明竟然回歸正常生活，還過得有滋有味，「不經意」地把他的現況透露給正在找他的人，並造成這樁慘案。

——開車撞他的人就是當初砍死他妹妹、妹夫那名凶手的大哥。

當年老大帶著阿明去敵對地盤逼他們交出凶手之後，直接押著人去妹妹夫妻的墳前，狠狠地把對方的雙手給剁斷，讓他在墳前磕完一堆頭後才扔去警局。

沒要對方的命是給嬰兒積德，誰知道毒蟲殘疾入獄，很快就因脾氣不好在獄中與其他人起爭執，雙方失控鬥毆，毒蟲失去雙手、反抗艱難，被人打得全身骨折，臟器嚴重內出血，送醫沒多久便不治身亡。

對方同樣在道上的大哥遷怒他，如果不是他剁掉弟弟的手，弟弟很可能還活著。因此發現他竟然金盆洗手並且過得好好的，像正常人一樣過著陽光下的生活，一怒之下直接開車撞他，甚至在眾目睽睽下當場倒車來回輾壓。

那一天雲武就在現場，他抱著嬰兒尾隨在後，阿明一邊說笑，一邊正要把攤車推到寄放的地方，他們兩個其實僅僅差了幾步遠。

廉價的二手車幾乎是擦著他的腳尖撞倒阿明的。

畫面在那瞬間變得很慢。

慢到讓人錯覺好像有機會可以挽回一切。

但也就……只是錯覺。

周遭的人發出極為恐懼的尖叫，許多人被嚇得本能往後竄逃，正義的路人圍堵攔截肇事車輛，把那條同為毒蟲的大哥從車裡拖出來，有人不斷撥打救護車，更多人合力把那台車扛起來，試圖拯救被夾輾在車下的人。

雲武抱著嬰兒，只來得及把手掌放在嬰兒眼前。

阿明當場身亡。

原本活蹦亂跳的人蜷縮在車底，變成什麼都不是的模樣。

「——你很後悔這件事情嗎？」

主臥的門縫裡傳來詢問。

那聲音已經不是他母親了，非男非女，如地底深處傳來的幽黑問語。

輕輕搖曳的語氣正在敲響那段刻意被埋在記憶深處的故事。

後悔沒有發現奇怪的車輛逼近？

後悔沒有多走幾步，讓阿明避開這場死劫？

或者後悔……認識他們？

如果不認識的話，那僅僅只是社會新聞上的一串文字罷了。

那麼也不會有任何惦記。

雲武至今依舊記得車子移開後，阿明朝向嬰兒的臉，鮮血淋漓的面孔上，那雙爆出的眼睛還牢牢地、看著不知道發生什麼事情的小嬰兒。

也許最後一刻他還在掙扎著想要確定孩子的平安。

也有可能是希望孩子不要記得這一幕。

……希望他可以永遠快樂地活下去。

阿明最常說的就是這句話。

他妹妹和妹夫爲了給孩子一個快樂又正常的家庭，所以他們努力回到人世間，想要成爲普通健康的人類。

小夫妻死後，阿明面對著嬰兒，想起了妹妹的期望。

於是他背負了妹妹的遺願，帶著嬰兒回到人類居住的地方。

他們都只希望小孩可以永遠快樂地活下去。

就像其他的孩子。

不是被父母丟棄的他們，也不是沒有親人照顧的他們。

雲武抱著孩子，充斥在夜空裡的是不住迴盪的救護車與警車的鳴笛音，眼前是散落一地的調味料、破爛的推車與血泊。

嬰兒壓根不知道發生什麼事，以爲只是在玩耍，抬起小手揮舞，像往常一樣等待刺青爸爸來把他抱回去。

雲武並不是那個可以養育小嬰兒的人，他能爲阿明做到的只有聯繫他的那一眾大哥與兄弟們，協助辦好身後事，然後讓社工帶走小嬰兒——兄弟們也認爲這樣比較好，畢竟被他們收養的話，無法保證生活是否能眞的正常，這孩子該有個快樂且向陽的人生，或許還有一對愛他的養父母，可能還有其他家人。

「但你有沒有想過，阿明或許是想要把嬰兒託付給你，你卻違背了他的願望……」

「你把他推開了……」

「你把……阿明和他妹妹的希望推開了……」

「你並沒有繼續照顧孩子……」

黑暗的門縫裡傳來輕輕的嬰兒哭啼聲。

濕漉漉的，像是在譴責、哭訴大人的遺棄。

雲武皺了皺眉。

「這是道德綁架嗎？」

「……」門內的聲音被這麼一個剛正筆直的問句哽住了。

「我自認已經做了所有可以幫忙那孩子的事情了，先不說法理上我原本就沒有義務必須負責孩子的未來與人生。退一步說，怎麼看我都不像是可以好好撫養小孩的人吧。」雲武對自己很有自知之明，別說撫養了，光是他這個超級像黑道的凶狠外表，連賣個熱水器都會被報警，孩子極可能成長的過程中會被一大堆人投以奇怪或者歧視的目光。

別說什麼大部分的人不會看外表，事實就是人類會看外表，小孩們更會藉由外表生成純粹的霸凌。

他本人這些年來遭受的各種困擾已經很足夠了，眞的不應該加諸在小孩子身上。

要是眞的被自己帶著發生這些事的話，他感覺阿明會從墳墓裡面跳出來掐死他。

所以雲武透過一些關係協助，歷經了很多機構，最終讓孩子去了一個擁有疼愛他的父母的家，未來應該就會如阿明兄妹的希望，永遠平安快樂。

「所以，你又是個什麼東西？」雲武嚴肅起一張臉，恐怖的壓迫感直逼主臥門縫，裡頭的「存在」在肉眼看不見的地方好像抖了一下。

同一時間，雲武也在思考爲什麼自己會在這裡。

他隱約知道現在的他應該不是母親剛死亡前後時間的他，是更往後一點……可能過了兩、三年吧，他似乎還遇到什麼光怪陸離、非人類的各種異事。

對了，有莫名其妙的人跑來揭穿他的身世。

然後他在一夕之間發現自己不是自己家人的小孩，而且還有個老爹留給他的遺產等待他去繼承，整個過程彷彿某種奇怪的八點檔，不但狗血且老梗，將他的人生搞得一團亂。

那麼現在的他……

他在哪裡？

✦✦✦

「小老闆？」

疑惑的問句打破了不知道什麼時候蔓延開了的黑暗。

雲武抬起頭，看見一個超級不正經的騷包襯衫中年男人，雙手插在褲袋裡，歪頭俯瞰著他，還不忘嘴賤賤地開口：「你一個人坐在地下停車場幹嘛呀？孵蛋？與大地親密接觸？尋找寶藏？」

他回過神，面前正好是一條半開的管線間門縫，而他正跌坐在那條黑色的縫隙前，原因不明。

低頭，他只看見腳邊四散了一些眼熟的小木珠。

「老闆房間不在這裡啦，亂走小心會迷路喔。」中年人散步般地走過來，一手搭在他的肩膀上把他從地上拉起，還好心地替他拍拍褲管。「對了，這些又是什麼東西。」他再次彎腰，從地上撿起一顆木珠。

「……迷路？」雲武有點疑惑，反射性先把管線間的門關上。而在兩人沒看見的位置，原本管線間裡正要探出來的一雙紅色眼睛緩緩地退回黑暗當中。「也還好，只是聽到奇怪的聲音下來看看。」

對了……

他似乎是遊走飯店、邊巡邊找房間時，在電梯附近聽見很細微的奇異聲響，細細小小、一聲一聲敲扣著某種東西。

擔心是不是有什麼設備故障，他沿著聲音通過樓梯梯間，一路走下來，最後到達地下停車場內相當不明顯的側邊管線間外頭。

接著就是那一連串不知道是夢或是幻覺的怪異經歷。

雲武在這瞬間猛然回過神，他爲什麼會見到那些奇奇怪怪的幻影？地下停車場有毒，還是漏出了什麼會迷幻人的氣體？

一想到這個就覺得很危險，好幾種處理方法從他腦內快閃而過，他決定先打電話給哈狄絲，確認一下旅館的地下室空間有沒有深埋什麼法律上和物理上可能會爆炸的東西，之後讓對方多注意這類地方後才掛斷通話。

糟……想到搞不好眞有其他東西，他就開始慣性胃痛。

旅館裡還有太多空間是他不知道的，搞不好哪天會露出核彈頭也不一定。

下意識抬手接過中年人遞來的木珠，雲武後知後覺才想起這是他前一天在外頭買的。

一如往常，他在周邊商店街逛街，發現了一家藏在巷內的無名小店。當時也不知道爲什麼，就覺得店門很吸引他，明明看起來只是普通的家私店，他卻本能地推門走入。

店內沒有老闆，採自助結帳。

微妙的是，店內商品櫃或架子上並沒有擺放太多東西，僅有的幾件看上去也很普通，不知道老闆是不是不太想做生意，很敷衍地隨隨便便丟了大部分看起來都不怎麼値錢的小物。

然而也就是小物吸引了雲武的目光。

他在靠近結帳櫃台處看見一串佛珠手串，用檀木磨出來的木珠並沒有令人一眼難忘的特色，相當普通，價錢也不貴。

但他的母親有一條幾乎一樣的手串，在父親死後便一直掛在手上，直到隨著母親入土。

他沒有猶豫太久，拿了那串佛珠去自助結帳，還多給了點錢。

結果只戴一天的手串現在無聲無息斷裂，木珠全都滾在地上，有幾顆出現裂痕，可能也無法再串回去了。

探戈大概因爲他盯著地上的珠子出神得有點久，中年人邊碎碎唸有誰比他好心，邊快速地把周圍的木珠撿起來放回雲武手上。「小老闆，重要的東西要收好。」

雲武這下才回過神，意識到自己居然眼睜睜看著別人幫自己到處撿珠子，有點不好意思，雖然臉上表現出來的完全不一樣。「謝謝、很謝謝你。」

探戈環著手，笑咪咪地沒有阻止他道謝的動作，不太客氣地搭上雲武的肩膀，很不正經的語氣蕩漾著道：「哎唷小老闆，不要一天到晚都這麼嚴肅，你就是這樣子人看起來才會比較老，看看我們現在多年輕啊，要好好學學放飛自己～～」

雲武看著中年人，並沒有感覺對方好像比較年輕，而且他也不想學對方這種看起來很大齡騷氣男的樣子。

「不過啊，聽說這種黑暗的角落裡很容易讓人想起一些隱晦的事情……小老闆你剛剛有想到什麼嗎？例如曾經把A書藏在抽屜夾層之類的？」探戈比了一個超級猥褻的手勢，是那種如果少爺在絕對會把他手指折斷成三節的動作。

「並沒有。」雲武直接截斷對方還想說下去的十八禁話題，默默收好珠子。「你怎麼會跑到這裡？」

地下停車場的這個角落有梁柱與裝飾牆遮擋，就和旅館裡面某些拐過彎就看不到另一邊的設計一樣，如果不是他看過地下室空間的平面圖，可能也不會發現這裡有一個管線間。更別說誰吃飽太閒，刻意轉進來這個好像可以殺人埋屍的地方。

……對，這設計眞的很適合殺人埋屍，應該要改掉，讓地下空間變得更明亮清楚才好。改天向哈狄絲提一下看看能不能修改。

「來找你呀~」探戈語尾上揚，嘿嘿嘿地說：「今天要慶祝奧客終於退房。所以我們決定要大吃一頓，用碳水化合物彌補這世界的裂痕。」

「你根本只是想吃東西吧。」這段日子以來，雲武總算是發現這群人沒事就會想在那邊圍成一團吃吃吃，最常出現的具體位置就在酒吧，酒保還縱容這些人把他的地盤當成小餐廳，三不五時開開迷你派對。

「只要有好事都値得吃一頓啊。」探戈搓著手，「所以小老闆要來煮一下嗎？」

原來這就是來找他的眞正目的——垂涎他上次煮的小東西。

「走啦走啦。」騷包中年人推著雲武，離開那個緊閉的管線間。

而在兩人離開之後，管線間的門又緩緩地打開了一條縫。

——你還在記憶這個世界嗎……

✦✦✦

「咦？果然有奇怪的東西在這裡。」

地下空間送走了兩人的背影，又有其他人經過。

青年好奇地探頭，看著管線間裡埋藏的某種意念，雖然讀不出來死亡記憶，但好像可以感受到某種說不出口的念想，並且不是一股，而是好幾股交纏組成。

沒有惡意，但因爲時間過久，善意似乎被磨損得也剩存不了多少，或許很快就會在被人遺忘的世界一角成爲別種東西。

到那時候就不是他可處理的範圍了。

「發現什麼了嗎，巴？」走在比較後頭的少年問道。

「沒什麼，約莫是聞到小老闆身上有新鮮氣味，被誘惑出來……不過看上去應該是沒近身。」巴走上前，重新關上管線間，順勢彎身從地上撿起一顆裂成兩半的木珠，最後一縷淡淡的嘆息從上頭消失。「小老闆也是很有故事的人啊。有不少人還在關心著他，難怪總有一點化險爲夷的運氣。」雖然更大一部分是源自於他本身那奇怪的霸氣。

「但小老闆不太知道呢。」抱著紙袋的少年很愉快地偷偷笑了兩聲，似乎對這樣的發展很感興趣，又或者是得到了什麼有意思的想法。「比起這個，我們快上去吧，探戈說有很多好吃的東西。」

「……好喔。」巴雖然對所謂很多好吃的東西沒什麼太強烈的慾望，畢竟那是另外一種精神攻擊，但偶爾和大家一起看個熱鬧，依舊很有趣。

不過他現在更有興趣的是，他們這位小老闆背後被遺忘的其他故事。

可以調查，但不需要去調查。

故事，才剛開始。

或許當有一天他們互相熟悉了，小老闆會更願意把他的事情告訴大家，就像住戶們在得到信任與付出信任後，終將把自己的故事敞開給眞正的旅館老闆。

是的，眞正、被承認的旅館老闆。

現在，大家還觀望著、等待著，抱著期待或者不抱期待，就這樣在各自的居處、黑暗處、光明處，沉默地看著這位小老闆要如何成長。

但在那之前，他還是得先找到房間。

又或者是……別的什麼？

誰知道呢。

〈8.Floor・舊往夢〉完

20 Twenty anniversary congratulation!
2025 By NIN.

特殊傳說

溯回夢

上篇——

「亞……」

聽見那聲熟悉，卻又有些陌生的呼喚時，像是有人揭開了覆蓋在夢裡的迷霧，他緩緩地睜開眼睛。

這是……？

腦袋還昏沉沉的尚未完全清醒運作，他難得有點反應遲鈍，本能地呆呆看著出現在面前的一切——首先進入略帶點朦朧視線中的是柔軟且溫暖的被褥，棉柔的布料以罕見絲線手工編織，上頭繡有冰晶花紋，一股很淡的溫暖沁香附著在裡頭，透過窗戶灑落進來的光斑映出了些許小光點，讓床被看上去更爲舒適，暖洋洋的幾乎讓人想再睡個回籠覺。

接著，是擺放在舒適布料上面小小的手，皮膚在陽光照射下略帶點過度白皙的透白，短短的手指、圓潤的指尖與掌心，尺寸明顯過小，應該是約莫六、七歲孩子的手。

孩子？

他怔了怔，直覺告訴他，這不應該是自己「現在該有」的模樣。

然而嘗試動作時，那雙手相應地舉了起來，流動在體內的力量讓他感到無比熟悉，就是與生俱來該有的那種契合，連那點元素相逆而對衝的感覺都在，不容質疑地表明這就是自己的身體沒錯。

怎麼回事？

試圖去思考回想、弄清楚不對勁的異樣，但腦袋裡一片空白，對於眼下的異常感居然全無記憶，彷彿所有事情就是這樣，一切只是他過度多疑。

但，絕對有不對之處。

「小亞，還沒起床嗎？」

溫柔的聲音從房外傳來，帶有一點輕柔、一點關懷，每每在他身邊時還會伴隨著溫暖的懷抱或撫慰、觸碰，夜間會低語說著讓人期待的小小故事……那是屬於令人相當懷念、遙久以前曾經存在過的女性嗓音，獨一無二，無人能夠取代。

隨著輕盈的腳步聲與帶笑意的呼喚聲靠近，雕琢著優雅植物與精靈文字的白石門扉被輕輕推開，首先出現的是一隻白皙修長的手，手指纖細、指節柔和，如雕刻藝術品一樣美麗的雙手；接著是一襲火焰般瑰麗璀璨的長髮，部分垂落在有刺繡的衣袍上，微光下閃爍著像是要燒灼起來的火紅色亮麗光澤。

那是位很美的女性，如同火焰的化身，充滿澎湃的活力與生命力，光是這麼看著就讓人感受到無限希望與對世界的熱情，不自覺地想要擁戴她，讓這份烈焰之息與光明之火永存。

他呆呆地看著走進來的女性，一時之間竟不知該做出怎樣的反應。

某種酸澀浮上心頭，緊抓住被褥的手指差點失去力氣。

「原來你已經起床了，怎麼還坐著發呆呢。」女性露出美麗的溫柔微笑，語氣有些輕快，在床邊坐下身，手掌輕輕撫上孩子散開的頭髮，「是想偷懶嗎，但今天可是第一天去學校喔，不能像你父親那樣，總躺在草地上編些字太多的詩歌，雖然你好像對那些過長的詠讚詞沒有太大的興趣。」

「……」他看著女性熟悉又隱隱帶著些許陌生的面容，腦袋有點昏昏沉沉，嘴裡不由自主地開口低喃：「母親？」

還有父親？

「我們的小亞被夢魔偷偷吃掉了一點記憶嗎。」女性笑了起來，聲音裡帶了點調侃的寵溺，說著伸出雙手把還在床鋪上的他輕鬆抱起。「但即使被夢魔親了一口，還是必須乖乖去上課喔。」

上課？

他皺著眉頭，任由女性幫他換上衣服，奇妙的是照理來說他會有很強烈的防人之心，卻無法制止眼前女性對他上下其手，套進各種輕飄飄的服飾，最後還幫他綁了一個十足精靈的優雅髮型。

隱隱約約地，腦袋裡終於緩緩浮起某種記憶：今天好像眞的是上課的第一日——小學一年級。

目標學院是一所新興的綜合種族學院，開辦的時間在生命極長的種族眼裡看來很短，但實際上也不是那麼短，只是前期學生數量比較可憐，讓它的名氣並沒有很高。

目前師生還不算多，但囊括了該有的全年齡學級與師資，某些在歷史上有名氣的存在赫然曾現身在學院裡，校方甚至很歡迎成人來校重修，並廣告「學無止盡，不學就盡」。

因爲此學院董事們的背景，其實有不少古老大種族悄然地把新生代的孩子們送進學院裡，藉此接觸其他種族的學子們。

幼小的半精靈也是這些綜合種族學生們的一員，背後的推手就是他雙種族結合的父母，代表冰牙族與燄之谷。按照父母所說，學院裡有很多驚喜，絕對可以學到很多有趣的事情，並見識到全然不同的世界。

「第一天去學校要乖乖喔，同學們不是龍，不能用打龍的方式打同學。」身爲炎狼一族的母親輕聲細語地交代，彷彿曾經帶幼童去打龍的父母不是他們似地。「如果遇到不好的壞小孩，我們可以用和平解決的方式應付他們。」

他似懂非懂地點點頭。

所謂和平解決的方式——用和平的心，解決同學。

來自於燄之谷外公的箴言。

絲毫沒有意識到孩子被自己父親帶偏什麼想法，母親仔細檢查了小包包，確認裡面有水有點心，有符文有水晶，還有一些足以防身和爆破的小東西，就讓孩子帶上。

不管是什麼種族，讓稚子離開視線依舊很挑戰父母們的心臟，尤其是寵愛孩子的父母，恨不得多裝一些攻擊利器，以求面對危險時可以第一時間把危險源從這世界蒸發。

半精靈一離開房間，首當其衝的就是父親的碎碎唸，身為精靈的父親可以用一萬個字擴充核心只需兩百字的話語。

簡稱很會講廢話。

所以他聽了半天父親的廢話、幾乎快把清晨時間用光後，終於被母親打斷，可以順利離家前往學院打開新世界了。

前往學院的路不會耗時太久，畢竟為了上學的方便與舒適，學院與各大種族、商會、城鎮協議後，簽訂了一些駐點契約，只要去學院建立的傳送點就可直達學院大門口，而冰牙族外的種族城鎮裡就有一個。

眞的沒有的話，也可以選擇搭校車，據聞校車模樣千奇百怪，但全都具備穿梭空間的能力，手筆非常驚人。

最後一種就是很普遍的——大家都有空間陣法之類的手段，各自施展神通跳空間上學也不是不行，但前提是要可以穿過學院的大陣法，否則很高機率會從結界上被摳下屍塊。當然正確的作法是向學院登記，取得資格後就可以自行使用傳送術法進入學院了。

首次進入學院，精靈選擇的是先使用學院建立的契約駐點。

在所有人眼裡非常完美的三王子帶著兒子蹲在傳送陣外，非常憂慮地開啓了廢話大全及擴張版的祝禱，幸好這時候周遭沒有旁人，只有他的妻子，以及遠一點正在戒備安全的下屬們。

否則按照碎碎唸的內容，大概會有很多人對這位驍勇善戰的三王子印象破碎。

半精靈對自己父親的廢話內容做了重點歸納：認眞學習、交到朋友、好好吃飯、包容腦殘、不要殺人。

與母親說的差不多。

終於在母親不知道第幾次介入下停止了父親的憂慮，他牽著母親的手順利進入契約傳送術法裡，準備離開冰牙族的勢力範圍。

陣法速度很快，比學院的接駁校車還要快上好幾倍，幾乎只是在眨眼之間，眼前畫面就從熟悉的景物變爲另一幅畫面，轉換得非常乾脆與迅速，可見駐點的傳送陣法多麼高明強大，一點外力影響都無法介入，保證了師生們徹底的安全……大概吧。

抵達點是懸浮於空中的法陣，核心陣法周圍嵌合大量輔助術法，還有像台階一樣的東西可以讓不太會操控術力的人好好拾階而下。

陸陸續續，附近也有許多類似的傳送陣不停亮起，每次出現時，陣法裡就會被傳來不同的成人與孩童，年齡範圍很廣，小的如他這樣三四五六歲都有，成年的則是看不見年齡上限，有些可能是刻意遮蔽，但最年長的都破百歲了，例如站在旁邊的母親。

「你要讓我陪你一起去學校嗎？」母親蹲下身，在他臉頰上輕輕捏了捏。

學院很大，家長進去實際上也無所謂，附近有不少種族的幼童就這樣拉著自己的父母或守護者，哀號著想要對方伴讀。

他思考了片刻，立即搖搖頭。

「那好吧，雖然有點遺憾，不過我們小亞一直都是很獨立的孩子呢。」母親露出放心又有點捨不得的笑容，「那我與你父親在家裡等你喔。」

從傳送陣離開，閉合的陣法將女性帶回冰牙族。

半精靈微微呼了口氣，捏緊手掌重新抬頭打量學院的外觀。

在這裡，大量元素能量奔騰流動，濃度高到不怎麼須要特別打開精靈的特殊目觀，直接肉眼隱約可見。自由世界中最普遍的元素如水、火、風、土、光……等等幾乎都有，甚至連黑暗與罕見的毒，都在此匯聚成波濤洶湧的狂瀾，經過特殊結構的排流與彙整下，這些元素不但沒有相衝或引起災難，反倒形成覆蓋在整座學院上、色彩斑斕又讓人驚心動魄的巨型術法大陣。空氣中瀰漫著微微閃爍的各式各樣元素光塵，彷彿整座學院本身就是一顆龐大的世界元素核心。

因特殊穩定術法之故，可驅使的能量充沛得不可思議，在這裡施展元素術法比在外界容易許多，有種隨心所欲之感，極爲舒服。

尤其是擁有精靈血統的他，更可以感受到純淨元素帶來的那股舒適。這種環境下，即使是純粹的白精靈應該也能夠生存吧。

他緩緩地抬起頭，先映入眼簾的是高聳到嚇人的巨大校牆，校牆由眾多不明建材交混鑄成，其上每隔一段距離就嵌著一座生之雕像，一眼望去不見盡頭，滿滿這種彷彿隨時能夠動起來的雕塑。

……這就很有意思了。

都還沒進到學院裡，他就興致勃勃地先被這面氣勢驚人的守護牆吸引。所謂生之雕像就像字面意思，簡單來說這些雕像都是「活的防衛兵器」，遭遇威脅時會有相應術法喚醒他們，讓這些第一線的巨神兵與之對抗。

當然，如果有不長眼的傢伙跑來挑釁，也會弄醒單獨的雕像把白痴捶成醬。

過往的記錄與經驗裡，還真不只一次跑來腦殼有洞的傢伙試圖襲擊學校、襲擊師生，或者用各種奇怪手段想突破學院，因此經常弄醒牆壁守衛，讓這些莫名其妙的外來者好好享受痛徹心扉大餐。

最後再按照這些人的「犯案」程度，向所屬種族要求贖……賠償，才釋放對方。

總的來說就是，校牆守衛確實擁有保衛學院的強大戰力。

不過他注意到雕像的模樣與後期的守衛們有許多不同之處，光看一部分就可以分辨得出變動不少。

可能是經過長時間的更替，所以後……

後期……？

小小的半精靈微微皺眉，那瞬間的感覺讓他心頭一緊。某種說不出的不對勁令他立即失去了繼續打量的興致，只想捕捉奇妙的念頭。

「很壯觀吧。」

帶著笑意的聲音打斷了他的思緒，回過頭看見的是一位走過來的陌生妖精，對方模樣非常年輕，棕色的長髮規整地束在腦後，手裡夾著數捲卷軸，看上去不像學生，更像是行政職員。

「這已經是新的一批了，事實上外牆前陣子剛修復沒多久。在這裡辦綜合種族的學院老是被一些奇怪的純血狂熱者、鬼族、獵殺隊，或各種充滿惡意的傢伙們攻擊，所以外牆消耗得很快，尤其我們又不只收白色種族的乖學生。」

妖精說的事與現知的情報差不多。

半精靈立即辨認出這應該是一位老師，對方的語氣對學校太熟悉了，而且他的臉好像也在學校對外的宣傳裡出現過。

如果沒有記錯，這位或許是教授特定語言的師長。

而他口中關於學院黑白種族都收這件事眾人早已皆知，這是自由世界非常大的爭議話題。畢竟白色種族與黑色種族原本便衝突頻傳，許多族群甚至在歷史裡永存血海深仇，光是把他們丟在同一間教室裡，就像把炸彈和地雷一起丟進焚化爐，最後再潑上滿滿一桶汽油，隨時都可以同歸於盡得驚天動地。

對此，校方的立場卻是——讓他們打死，不打不相識。

反正學校早就建構最完善的生命術法與時間術法，在學院規劃的範圍內就算打成屍塊都可以復活。所以要打盡量打，校內怎麼打都可以，不要去校外打就好了。

這也是校牆守衛偶爾可以直接捶死人的原因——校牆外有一小片區域被規劃成校內，不過區域不明就是。

不得不說，這也是很新穎的辦學理念了。

更神奇的是這方法眞的有效，有很多本來立場敵對的種族，竟然這樣打著打著消了不少火氣，變得可以好好坐下來談了。

雖說年輕一輩戾氣沒那麼重也是個因素。

不過這些就都是後話了。

目前他就站在校門口，與那位路過的妖精老師揮別後，再度仰望著這所巨大的學院，依然感到詭異的割裂感。

他總覺得……他並不是用這種方式入學，而是……

當然他確實讀了這個學校，只是潛意識裡正在否認他是這樣被家長帶著、經由駐點傳送進入學院，這感覺非常奇怪，心裡不斷否定眼前所見，而精靈們最擅長的就是順從自己的感覺，所以他不得不對更多所見抱持疑問。

那麼他是如何入學的呢？

好像……是……

皺起眉，他認真地思考起腦袋裡快速閃過的那縷微光，好像……有人牽著他，手掌寬闊且溫暖乾燥，有著一些細小疤痕，並不是女性的手……模糊的影像只出現瞬間，很快幻影急速散去，再也捕捉不到。

「你好啊！」

就在他想重新找出腦袋裡那點瞬閃，身後突然有個東西猛然撲了上來。

反射性地往旁邊一閃，恰好在對方撲上來的剎那避開，讓那團東西結結實實撲了個空，還差點出現臉朝地下跪式。

回過頭，他對上一張同樣年幼的臉蛋。

那張臉與平時看習慣的精靈們不同，顯得比較圓潤、沒有那麼精緻，五官還稍微有點好捏的奇妙肉感，眼裡帶著俗稱天真實際就是愚蠢的呆呆光芒……是其他種族的孩子。

純人類？

陌生的臉，突兀的熱情。

他微微退開兩步，疑惑又警惕地看著回過身依舊笑嘻嘻的奇怪人類小孩。

雖然臉看上去圓圓好捏有點可愛感，但這孩子表現出來的靈魂有種奇異的不協調，說不上來，就是純白當中莫名其妙有點米粒大的細小黑色瑕疵，很小很小，但很難讓人忽視，尤其精靈在這方面特別敏銳。

附帶一提，方才那位老師散發的靈魂氣息就是很純淨沉穩的顏色，雖然不是完全純白，但卻是歷經時間沉澱後，混合了歷史與軌跡的溫潤之色，沒有對世界或其他生命的惡意，只有穩定與良善，屬於精靈們樂於接近、願意對話的那種存在。

但孩童有雜質……？

雖然並不反感，不過讓他挺在意。

他想了想，基於父母剛告誡完不能隨意攻擊人形生物，於是他緩緩退了兩步，不讓小孩過度親密地黏上來，放過自己放過他人，避免出現血案。

說起來，人類小孩出現在這裡其實也有點稀奇，雖說校園對全種族開放，但純人類這個種族在妖精啊精靈啊妖魔鬼怪什麼的當中顯得有點先天弱勢，所以初期異能學院裡比較罕少有人類學員，畢竟這裡的強度對人類來說確實太高了，很可能連復活都得耗費大半天。

即便有，多半也是國中、高中年齡的學員居多，而眼前這孩子……也太小了吧。年紀小到讓他感到微妙的特殊性。

「你是誰。」半精靈盯著人類小孩，提問。

撲空的孩子微微一笑，很自然地揹著手，彷彿剛剛差點跪地拜校門的不是他，語氣快樂地回答：「我姓褚。」

褚……？

原本是這種活潑的小孩嗎？

更奇怪了。

「你要和我一起進去嗎？」小男孩對他伸出手，帶有某種奇怪的愉悅：「我可以帶你了解學院喔。」

「你要帶我了解？」他挑起眉，內心生起巨大的荒謬感。

憑什麼？憑那個腦袋嗎？

莫名地，在荒謬感之後，生起的是想像毆打龍一樣毆打對方腦殼的本能反應。

偏偏小男孩好像沒察覺到殺氣似地，憨憨地對他點點頭，露出謎之自信的笑容。「對啊，我先前就來了喔，已經在學院裡住了幾天，所以我可以帶你去看看我這幾天去過、比較安全的區域，還可以給你很多攻略喔。」

「哈？」荒謬感更重了怎麼辦。

接著衝動凌駕理智，在小男孩用那種自信到不行的快樂小狗笑容，想繼續分享他找到多少學校庇護點時，他一巴掌往對方後腦袋呼下去，從外人眼裡看來簡直像個六歲小孩巴了五歲小孩一下。

小男孩直接呆住，可能也沒想到第一天相識就捱打，他抱著自己的腦袋，不敢置信地看著半精靈那張姣好得不行的完美面孔，極度委屈地開口：「你、你長得那麼好看……為什麼這麼壞……我好心分享……」

太委屈了，委屈到眼睛都開始含淚。

「喔，抱歉，衝動不可控。」半精靈毫無負罪感地道歉。他怎麼可能告訴對方，他就是湧上一股想打對方的強烈本能才動的手，但再怎麼說還是他的錯，於是他再次說道：「我很抱歉。」沒管好自己的手。

雖然感覺好像被敷衍了，但小男孩看著對方漂亮的臉，最後還是把那一點點委屈吞回去，畢竟那小臉是真的好看，他們家都喜歡好看的東西，所以可以原諒他。

「那你要和我一起去嗎？」小男孩再次伸出友誼之爪。

「不要。」

「嗚！」

半精靈拒絕得太乾脆了，小男孩明顯受到精神攻擊，露出了棄犬的神情，睜著憂傷的眼睛，只差沒有搖尾巴。

……嘖。

戲眞多。

被告誡不能打同學的半精靈如此想著。

接著他無視心碎的小男孩，直接邁開步伐往學院裡走，才走幾步就發現那人類孩子跟上來……算了，畢竟學院也不是他家開的，他總不能阻止對方進學校吧。

「不要看上面。」

剛踏過校門，後面就傳來善意的提醒。

半精靈下意識抬頭。

哐的一聲巨響。

一個巨大的古董機械鐘直接從頂端不知哪裡掉下來，沉重的體積讓它將地面砸出深深的一條裂縫，整個裂痕裡都發出恐怖的重力嗡鳴與震動，衝擊連帶把所有鑲在其上的齒輪像天女散花一樣往旁邊四散，射擊到不少路過的學生。

「啊！誰看鐘了！」

「不要看啊！」

豎立插在地面的機械鐘緩緩對上站在原地的孩子。

「快逃啊！」小男孩發出一聲慘叫，連忙抓住小美人的手，想拯救今天剛認識的同伴。

砰的更大一聲巨響。

半精靈握著白皙小拳頭，上頭覆蓋層層精靈防禦術法與炎狼強而有力的攻城術法，密密麻麻的符文在學院的元素幫助下瞬間成形，眨眼便翻身跳起朝機械鐘就是一個俐落有勁的拳擊，當場把正要往他們方向飆來的機械鐘本體攔腰打凹。

萬籟俱靜，正在抱頭鼠竄、無論是學生或教職員，就這麼眼睜睜看著機械鐘像是跪下一樣呈現對折的模樣。

旁觀者感覺很痛。

小男孩看得目瞪口呆，腦袋同時浮現：這拳打在人身上，人大概會瞬間變成骨灰。

拍拍加固過後的拳頭，半精靈看著顫抖的機械鐘，點頭。

果然比龍好對付。

✦✦✦

「你手沒事吧！」

褚嚇得跑過來，抓住精靈小朋友的手。

「沒事。」半精靈把手抽回，想了想還是耐心地說道：「在上面包了好幾層術法，沒有影響。」

確實連一點發紅都沒看到，男孩只好悻悻地放棄繼續關懷，畢竟對方看上去不是很需要，而且可能會用這個拳頭揍他。

他硬不過機械鐘，他會死。

看著彎曲向後逃跑的機械鐘，男孩有種背脊發涼的感覺，他眞心希望這種拳頭不要有落到自己身上的一天。

正想無視對方、甩開手之際，半精靈突然抬頭，目光銳利地順著一股奇怪視線往右前方、種植著幾棵大樹的方位看去，那裡有另外一名黑髮小孩——人類小孩。

這年頭人類小孩是盛產了嗎？

怎麼入口一個，入口之後又一個，他都快有感覺今年搞不好是人類入學最多的一年，明年開始就沒有了，因爲他們發現在這裡會被快速弄死，而且不像其他種族有天然的體質優勢，能多捱幾下攻擊。

雖然不想這麼講，但人類的幼童似乎某方面的精神相當軟弱，可能死個幾次後就會哭著回去叫媽媽。

這麼一比較，種族們的孩童明顯就非常凶殘了，雖然被揍了也是會回去叫媽媽。

正在樹蔭底下的另一名人類小孩用一種看戲的目光凝視著他們，好像看了什麼有趣戲碼後露出了笑意，甚至還很悠哉地撿了幾片樹葉放到背包裡，這才抬手朝他們揮了揮致意。

「……」半精靈沒來由地覺得這小子很眼熟。

他認識人類嗎？不……眞要說起來的話，他也覺得旁邊這個智障小鬼很眼熟。

按照他的記憶，他應該沒有接觸過這麼多人類小孩，畢竟一直以來他幾乎都在父母身邊，與父母一起旅行，反而其他種族的幼童遇到得多一點。

違和感再度加重了。

就在半精靈戒心嚴重地開始思索這是不是幻境時，那名站在樹下的人類小孩走過來，帶著一種很奇特、看起來好像有點黑心的笑容，開口：「你們好。」

褚先有反應，連忙和對方打招呼。

「我叫夏碎。」黑髮的人類小孩如此說道，笑吟吟地看著兩個人，展現出來的態度非常友善，很快就讓褚放下警戒，把剛剛要帶人看校園的那堆話再重複了一遍。

半精靈有點疑惑地看著他們，眼前這種溫馨但又帶著怪異的畫面，他好像也在哪邊看過……所以其實這個地方眞的是某種幻境吧？

難道這是入學的一種測試嗎？

不、不太對，這種違和感好像是從他在床鋪上甦醒的時候就開始了。睜眼後所見的任何事物都給他說不上來的異樣，但又像是眞實存在的軌跡。

所以是……

夢魘？

如果是夢魘，那麼現在的他是醒著的，或者依舊沉睡？

他是單獨一人，或是與父母朋友一起？

範圍有多大？

幼小的精靈環著手，皺著一張臉思考問題究竟是從哪裡開始的。他的記憶告訴他，己身就是個這麼小的小孩，可是他下意識覺得自己不只如此，必定是經歷過更多、更多一點其他的事……但他沒有更多的記憶與線索。

「你要不要一起來呀？」

彼端的兩名人類用非常短的時間就建立了一個良好的友情關係，俗稱「正常的認識新朋友」。現在正在對一臉深沉的半精靈揮手，褚開口說道：「我們一起去學校裡面看看啊。」

他還是很堅持想要帶新朋友們逛逛學院。

來都來了，就看看要搞什麼鬼吧。

褚愉快地拉著夏碎，邊走邊回頭看著跟在後頭的半精靈，見對方眞的沒有扭頭離開的打算，很放心地快樂帶路了。

除去門口那個疑似想殺人但被反殺的機械鐘，短暫的時間裡他們都沒有遇到什麼會危及性命的危險，就像第一個人類小男孩說的一樣，他知道不少安全點與路徑，甚至還知道一些很美味的餐廳。男孩興奮地帶著兩個同伴在餐廳買了一些零食，順便告訴他們怎麼辦學校的卡，卡片可以存一些父母不知道的私房錢，要偷偷買東西時不會通知大人。

不得不說他確實是一個算盡責的導遊。

扣掉有時候會語無倫次以外。

「你眞的不喝嗎？」

例如現在，男孩拿著一杯螢光藍的飲料，上面正在冒著大量綿密的氣泡和奇怪的味道，他就端著這玩意靠近嗅覺靈敏的半精靈詢問：「這眞的很好喝，很甜，喝完之後還有幾秒的飄浮能力，搞不好你會變成一個天使。」

「……？」眞的很不明所以，半精靈很實際地回答對方：「我隨時可以讓你變成天使。」直接肉體飛走那種。

半精靈無視那杯冒泡的飲料與瑟瑟發抖的愚蠢小狗，把目光放到餐廳其他位置。這時候更多小孩子走進餐廳，這兩天是幼童部與國小開學時間，種族的小孩比人類幼童更快成熟，智力與天賦力量已有個基本的成形，所以像他這樣，五到七、八歲單獨行動的孩子很多，他並不是唯一一個。

一眼望去，沒看見什麼突兀的問題，或者某些夢境線索。

「時間差不多了喔。」夏碎仍舊帶著那種有點欠打的笑容，慢慢走過來，手上端著一杯小杯的飲料，看上去很悠哉的模樣。「我們該進教室了。」

半精靈與夏碎同歲，並在同一班級，而褚小一歲，在幼童所屬的班級，後者顯得有點遺憾。

「那我們待會會一起吃午餐嗎？」褚眼巴巴地看著兩名今天認識的新朋友，露出了渴望的表情。

「可以唷。」夏碎還是笑笑地這樣子回答。

所以他的意願呢？

半精靈雖然想這麼問，但他突然想起出門前父母希望他能多交一些同齡的朋友，因此他把話吞回去，並且忍住扭頭就走不理人的衝動。

另一方面，他也是想看看這個疑似夢魘的後續發展，以及這玩意究竟是什麼東西。

已知：他似乎喪失了某部分的記憶，早晨起來時看見父母他就有點違和感，但一些情境又與他更小時候稍微有點像，既懷念、又想念。

會產生這種情緒就表示……他或許在這個時間點並不怎麼見到父母，更壞的情況是其實父母並不在他的身邊了。

想到這邊，半精靈微微垂下了眼睫。

父母的言行舉止與模樣應該是他曾經、或許描繪過的最好的樣子，畢竟在他的潛意識裡，他總覺得父親沒有這麼有活力，而母親要再更哀愁一點。

也許他們不曾帶自己去打過龍，但有描述過類似的畫面，引起他潛意識的期待。

……

………

再來是學院，他肯定不是以這種方式進入學院，已知記憶是有人帶著他來……某些更高的存在，並且避開其他的學生從不同管道進入學院。

關於那雙大掌的記憶又浮現了很小的一點片段，他們走在長廊，周邊沒有其他人，只有迴盪在空氣裡的輕輕步伐聲。

不是父母，不是兩邊種族，而是其他他較倚賴的某位成人。

出現在他面前的兩個人類小孩很可能是夢魘幻境外也認識的人，畢竟他們的模樣太過真實，最明顯的線索就是他在看那個叫褚的小孩時，總有一種說不出來的煩躁感、還想捶他，要知道他遇到討厭的陌生人說捶是真的狠捶，更不會給對方有任何近身的機會。

而剛剛那兩人都可以靠近自己，沒有引起過度的警戒反應就足以說明他們的身分。

所以他認識了很多人類？

還是這是他真正的班上同學？

啊不，那個矮的快樂小狗應該不是，他沒有「同學」該有的感覺，黑心的那個比較有可能。

「有什麼需要幫忙的嗎？」站在一邊的夏碎突然打破沉默，友好地詢問他，一點都不知道自己在半精靈的內心裡已經被貼上「黑心」的標籤。

「沒有。」半精靈可疑地轉開視線，隨後像是閒聊般開口：「你是從人類的什麼家族或什麼勢力來的？」能進到學院的人類幼童背後多半有靠山。

「都不是呢，我只是普通的家庭，我們的祖先好像是祭司，在我這一代出現了不少返祖者，所以我才會收到入學通知，其實我也感到很意外呢。」夏碎並沒有拒絕回答這個問題，而是很從容地用簡單的話告訴他：「學校很有意思，雖然當初我和家人覺得可能是遇到詐騙呢。」

「……」這樣的回答是正常的嗎？半精靈皺眉。

不，潛意識告訴他並不正常。

這就確認了眼前的小孩與他必定有某種程度的熟稔，所以他第一反應是對方的背景不對勁，不像這麼雲淡風輕的描述，相反地，他感覺這傢伙的後頭好像有場腥風血雨，還是很大、大到會讓他暴躁的感覺。

一邊深思及各種懷疑的同時，兩人一前一後踏進教室，大空間裡已有一大群差不多年紀的孩子，這些種族的孩子們按照友好勢力等因素，各分成幾個小圈圈，有些敵對勢力離得比較遠，一眼看去涇渭分明，用著不同的語言嘰哩呱啦地聊天說話。

一見兩人進來，有部分孩子突然靜下來，有的則是持續低聲說話，並不時往他們瞄幾眼。雖說種族的孩子比較早成熟，但實際上也不會太過於早熟，從那堆小臉上依舊可以看出某些代表心情的反應，遠比大人好解讀多了。

半精靈很隨意地找到一個空位子坐下來，人類小孩就在他旁邊直接坐下，完全沒有會不會打擾到他的自覺，甚至還給他一個更和善的微笑。

就……感覺這傢伙的笑容真的很黑心啊。

等到班上的座椅全部填滿了小孩後，一陣上課鈴響起，很快地一名男性妖精走進，對方的外表與打扮看起來非常溫暖，十足專業兒童教師的模樣，就連服裝看上去都沒有攻擊性，柔和得讓人下意識想靠近。

孩子們似乎也很喜歡這名長相親切的妖精導師，一點牴觸情緒都沒有，馬上就接受他。

半精靈不動聲色地看著。

老師看著沒有什麼異狀，同學們也是。

這裡眞的很像是正常的低年級教室，隨時有各種天眞無邪、歡聲笑語那種。

「那麼請同學開始介紹自己吧。」溫柔的妖精老師如此告訴大家，獲得了同學們一致響應，接著是一輪童言童語的自我介紹。

沒多久便輪到半精靈。

他站起身，在一群人的目光下悠悠地走到講台上，然後看見孩童用的墊腳箱時頓了兩秒，無言地踩上去。

面前出現大量對著他的各色眼睛。

半精靈一笑。

「廢話不多說，把你們眞正的面目露出來吧。」

「……你在說什麼呀。」

坐在台下的夏碎支著下頷，小小的臉露出無辜的笑容，好像在看新朋友無故調皮搗蛋。

「我不是在這時候認識你的。」

半精靈站在墊腳箱上面，火焰紅的眼睛一一掃過教室裡所有孩子，包括那位連打扮穿著都可以用溫柔形容的教師。「我也沒見過這位老師。」

「這也許是因爲你今天第一次來學院喔。」夏碎微笑著歪了歪頭。

不知何時開始，原本還有點吵鬧的教室變得異常安靜，連老師也坐在一邊保持著不變的笑臉，彷彿沒聽見半精靈的發言似地，眉頭不曾皺一下。

「不，我知道這個學院所有老師的模樣。」雖然無法解釋這份記憶從何而來，但他就是有這種感覺，而且按照精靈們的感知分級，這感覺可信度高達九成。

校門口的老師他見過，但班級這位老師沒有。

「精靈眞是有很多稀奇古怪的預感能力呢。」人類小孩在全班的目光中站起身，那些孩子毫無反應，只是用眼睛一瞬不瞬地注視他們。「你不想接受這個美好的學院生活嗎？」

「我並不想接受虛假。」半精靈跳下墊腳箱，走向對方。

還沒把手搯到對方脖子上時，只見人類小孩頸邊有抹黑影一閃，一條黑色獨眼的蛇從他的肩膀游出來，腦袋一點一點的，像是在贊同人類小孩的話。

「那或許只是，不夠符合你的喜好。」

夏碎如此說道。

下篇——

「亞……」

聽見那聲熟悉，卻又有些陌生的呼喚時，像是有人揭開了覆蓋在夢裡的迷霧，他緩緩地睜開眼睛。

這是……？

抬起手時，他意識到這是一個如同往常般的清晨時分。

窗外傳來遠遠近近的隱約吟唱聲，是晨間精靈們正在讚頌著新的一天。音調屬於精靈一族的古老旋律，帶著微風的流動與草葉的低語，吟唱著今日甦醒的大地、退去的星幕與夜的沉靜，晨間的鳥鳴也爲之伴奏，錯落在綿延的古調其中。

他靜靜看著自己的手。

陽光從半敞的窗台灑落，穿過細緻透明的冰晶爬藤植物，落在他白皙且小的手掌。這手約莫只有四、五歲幼童的大小，連骨骼都還很柔軟的樣子。光線的照射讓指尖竟有幾分透明感，彷彿陽光滲進白瓷，滲出微光。

凝視著背光的手指，背景的精靈古調給他一股悠久又懷念的感覺。

還未完全從這種寧靜安詳的氛圍脫離，突然有個大大的東西撲到他床上，作用力把他震得整個人差點一彈、掉下床，但在千鈞一髮之際立刻被一條成人的手臂攬了回來，避開非自願彈射下床的風險。

「晨安，小亞。」與他極為相像的成年精靈帶著笑意靠上來，溫暖的臂膀輕輕抱了抱他，銀白色的長髮在陽光下散著很溫柔的光輝。兩人面貌極為相似，差別就只在一大一小的年齡，以及他因為混血，呈現雙色的頭髮、眸色。

而這位長相更加優美的冰精靈一點都沒有剛剛把孩子彈下床的歉意，溫和的笑容甚至帶著點頑皮，像晨間突然砸在額頭的露珠，令人有種無可奈何的感觸。

精靈說：「風如此優雅，溪流在微風精靈的吹拂下響動著美麗的音樂，白鳥……」

「早安，父親。」打斷對方即將進入冗長詩句狀態的話語，幼小的半精靈張嘴呼了個小小的哈欠，蹭了蹭冰牙精靈的手臂。「你今天精神看上去很好。」

成年精靈翹起唇角，回蹭了孩子幾下才開口：「或許是因為今天的陽光太過溫暖，讓我們的活力又更加充沛了些。」

窗外古調依舊，幾隻嬌小的冰系鳥飛到窗邊，輕輕敲扣藤蔓上結著的小果實，順帶往裡面看了幾眼。

兩人靜靜地躺了一會兒，不約而同地笑了起來。

「你母親已經準備好早餐了。」精靈揉揉兒子的腦袋，然後把孩子從軟綿綿的床鋪裡小心拉起。「說不定今天還能認識一些新朋友呢？」

「新朋友？」順勢跟著坐起來，半精靈揉著眼睛，被半抱半哄著下了床鋪。雖然他可以自己辦到洗漱換衣穿鞋等小事，但他父親偶爾精神狀態非常好的時候，就會特別熱衷照顧孩子，於是他也順應著父親寵溺的心願，短暫當個須要被照顧的小廢物。

「是一位我很珍惜的友人。」被稱爲三王子的精靈眨眨眼，愉悅地笑著：「你應該曉得，在許多年前還未被多數種族們接受的『另外一側』，而現在世界正在慢慢轉變，他們可以不必再躲避……」

精靈未竟的話，站在地上的孩子懂。

這是多年以來精靈不斷與其他人提起與談論的話題。

擁有悠久歲月的種族、如長壽的精靈們，遠比起其他歷史較短的新生代種族知曉更多在時間長流被斷層，或是被深藏的某些「眞實」。

因此，他們不像其餘短命種族那麼畏懼「另一側」的存在——只要對方未展露敵意或放逐自己並墮落邪惡，他們就願意觀察、對話、接觸，甚至成爲朋友。

例如他的父親。

例如不被其他人所知的各種存在。

半精靈自然聽過無數次父親的低語，不只父親，還有母親，他們時常會討論有位「另一側」的祕密朋友在一些危急時刻出手幫助大家的事蹟，以及某些近乎傳奇的故事。

那些他還未出生時，不爲人知的歲月。

例如母親與父親認識時，他們和那位「朋友」成爲無人知曉的三人夥伴，他們各有所長，性格也全然不同，一同擁有不被外界發現的祕密基地；後來一起歷經無數次冒險，創下許多不被記名的傳聞。

最後，在鬼族入侵自由世界對種族進行屠殺、精靈帶頭組織種族聯軍開始反擊時，這位祕密朋友帶著黑色種族的同伴出現在世人面前，展現驚人的古老天生力量，爲了友人協助種族聯軍，攜手擊退鬼族，打得鬼族大軍至少短期內不敢再爬上來撒野。

也是因爲此次戰役，「另一側」的存在才開始光明正大出現於世人面前，被少數種族們接受並承認，即使大多數種族依舊忌憚與憎恨他們，但無可否認的是，在種族聯合對抗鬼族的戰役裡，就是「另一側」出手，讓原本可能死亡或者遭到侵蝕的眾多生命存活下來，並且成功抵禦鬼族大軍的侵蝕，協防守護了整個自由世界。

所以，無論是不想承認他們的種族也好，獵殺隊也好，都不約而同暫緩對於黑色種族的歧見與逼迫，睜一隻眼、閉一隻眼地容許黑色種族遊走在白色世界裡，稍微地嶄露頭角。

像這麼大搖大擺前來精靈族拜訪，就是近年開始、同樣被大眾默許的事之一。

半精靈抬高手，任由父親把一件純白的刺繡小袍子往他身上套，然後將他雙色的長髮紮起來，編成一股漂亮的辮子。

精靈對孩子伸出手，微笑。

「走吧，一起去見見那位凡斯先生。」

✦✦✦

上午的冰牙族，天氣晴朗。

像是被主神眷顧般有著極美的光線、微風，以及碧綠清淨的柔和空氣，籠罩在整個領地上的精靈大結界緩緩運行著，幽冷的微光剔除任何可能侵入的惡意與外來毒素，確保生活在裡頭的精靈可以安全無憂地詠唱詩歌。

然而在這一片純淨且帶著冰冷力量的環境裡，格格不入的存在引起了附近精靈們的注目，使得這個本該一如往常的早晨有了些許不同。

渾身全黑、包括力量氣息也呈現黑暗的高大男人，以與精靈族不相容的氣勢站在這片美景當中，周圍或近或遠包圍了數名正在好奇打量他的冰牙族精靈。

眾所皆知，冰牙精靈，實力披靡。這也代表當他們擁有相應的戰鬥力時，他們會比一般普通精靈更好奇、更敢接近可能具備威脅的「事物」，所以除去肉眼可見的這堆白色生物以外，很可能在看不見的地方還有一大堆正在悄然圍觀的。

見男人面無表情，但也沒有散發拒絕精靈靠近的沉重氛圍，善於創作的精靈們蠢蠢欲動，開始試圖編起歌謠，還打算詠唱，以此來紀念如此不同的美麗一日。

雖然這位黑色訪客的表情看上去好像不太樂意被一堆精靈編成歌，甚至在大清早傳唱，但戰爭精靈們顯然也只將他的意願當作參考，依舊興致勃勃地替這位訪客創作了幾句。

就在黑色訪客逐漸失去忍耐力，認真思考要不要掐住眼前某個精靈的脖子，好讓他不要唱出可能會讓人墮入深淵的優美歌詞時，不遠處終於傳來較為熟悉的氣息。

帶著綠芽氣味的清風拂過，吹得周邊精靈們笑了起來，大概是風裡有某種訪客聽不懂、但精靈聽得懂的自然訊息，總之散去了不少把歌詞含在嘴裡的好事精靈，讓訪客避免了比死亡還要尷尬的場景。

剩下的精靈仍在考慮要不要繼續編曲。

「我的弟兄們，請放過這位可憐的黑色友人吧，我們的黑色弟兄可能會因爲美麗的歌詞羞愧逃離。」帶著吟吟笑意的聲音終於讓那首未生成的曲子暫時消弭，當然還搭配了其他精靈的善意笑聲。

打斷眾精靈創作欲的三王子慢慢踏步走來，臉上似笑非笑，冰霜似的眼裡塡滿了若有所指的笑意。

——他很可能已經在某處看一陣子笑話了。

黑色訪客面無表情，內心已把友人狠狠揍了一頓。「太慢了。」

「也許你能直接走到我的住處呢，早在許久之前我便把通行的『證明』交給你了，你在此地並不會遭到阻攔。」精靈微微笑著指出事實。

冰牙族認可這位訪客時，他便給予對方可以自由通行他住所的印記，雖然無法去其他精靈的住所及禁地等重要之地，但直接過來沒有問題，就不知道爲何對方頑固地要在入口處等待精靈王的允許，然後讓他過來領人。

「精靈可以率性，但我不能理所當然。」黑色訪客如此說道。

「你就像深海之冰一樣固執，像巔峰之雪一般冥頑不靈。」三王子當然知道對方的用意是按照規矩作爲訪客、不擅闖，不用任何特殊許可自由出入，盡量壓低外界對於冰牙族接納黑色種族的負面聯想，不想讓冰牙族被激進派盯上。

黑色訪客冷冷笑了聲。

銳利的眼瞳望向精靈懷裡、有點像是複製黏貼的縮小版孩子時，閃過一抹稀少的柔情。

「長得相當快吧，就像吸取大量綠元素的嫩芽，轉眼就能成爲庇護生命的巨木……來，叫一下凡斯先生。」三王子如此說道，並牽起懷中孩子的手腕朝訪客揮揮，一大一小相似的面容呈現極相反的一冷一熱，相當有反差感。

「凡斯先生。」雖然有點彆扭自己被抱著，但半精靈還是乖乖地喊人，很有禮貌地做出精靈歡迎客人的手勢禮。「祝您今日愉快。」

「你也是。」黑色訪客平空取出一個看著非常精緻的木盒，約莫兩個成人手掌的大小，稍微有些沉，頂蓋有著雷天使的封印術法。他將盒子放到了孩子懷裡。「這是禮物，來自於雷天使的饋贈，你父親都沒有。」

精靈笑了起來，把盒子往兒子懷裡塞了塞，並沒有打算客氣推拒。「你爲了不想被拒絕，用的理由比精靈們還要多，那些獵殺隊員該見見想盡辦法給小孩送禮物的黑色族長，必定會讓他們驚得一腳踩滑。」他熟知這位朋友的脾氣，爲了讓他們可以合理收下某些東西，經常會用一些拙劣的語言遮蔽目的，例如現在就是這樣子，畢竟他們早就不是什麼拜訪時須要大包小包送禮的關係了。

「囉唆，又不是給你的。」訪客揉揉孩子的腦袋，暗自在內心覺得果然精靈這個種族就是不太一樣，連頭毛揉起來都比較順，至少比他們族裡那些孩子好揉捏許多，不愧是被神鍾愛的一族。

「你應該也很久沒有見過玹安了吧，主神在上，今日我們的炎狼第一公主親自下廚，這可是比星劍花開花還要珍貴的時刻。」一邊說著，精靈一邊為自己友人引路，兩大一小緩緩地走向了三王子的居住處。

遠遠望去，一片冰精靈建築裡突兀地出現了一個比較「繽紛」的色彩。

不得不說，三王子的住處呈現某種奇怪的風格。

這話得從他與第一公主結親開始。

「娘家人」燄之谷為了昭顯炎狼一族的友善誠意與財大氣粗，直接來了一堆炎狼把三王子的住處做了不少改造與妝點。很可能對精靈有什麼不尋常誤會的炎狼們帶來各種奇奇怪怪的裝飾品與家具，費了千辛萬苦把那些東西全都塞進原本飄渺空靈的精靈住處，最終形成了現在這副乍看亮麗、近看華麗璀璨，什麼都黏一點在牆上發光的模樣。

也不是說不好看，風格亂中有序、自成一格，就是在一堆白色的精靈建築中非常顯眼，經常成為其他精靈的創作源頭，以這房舍為主題的新歌謠不知被創造了幾首出來，有陣子冰精靈們天天都在歌詠彩色屋子的來歷與不凡。

當然三王子並不在意，反而與其他精靈一樣，覺得相當有趣，便就此保留了下來成為一道奇特風景，偶爾還會帶其他訪客刻意繞過來參觀。

黑色訪客第一次看見被炎狼居家改造的屋子後，下定決心這輩子都別在友人們的面前說評價。

他們漸漸靠近這個擁有萬象色彩的精靈居所。

紅髮的炎狼第一公主已經站在門口等待他們，此時她換上一套更爲正式的衣袍，與精靈相似的白底衣料上繡著金紅色的火焰圖騰，烈火般的長髮隨風搖曳，在日光下閃爍著溫暖的光澤。

等人靠近後，她張開手臂給了黑色訪客一個大大的擁抱。

「好久不見了，我們的朋友。」

訪客也還以一個坦然的回禮，擁抱短暫卻充滿信任與熟悉。

幾人就這麼熱熱鬧鬧地進了屋裡。

屋內也經過炎狼們的「洗禮」，雖然仍保持著精靈們建造的骨架與部分模樣，但許多位置陳列著被精靈們稱爲「很有趣」的擺設，甚至天花板還垂掛著好幾串輕飄飄的羽毛掛飾與發出清脆聲響的風鈴。

黑色訪客跟著走了一段路，還被掛在半空中的鈴鐺敲了一臉。

窗外飄進冰牙族特有的冰系植物淡香，以及精靈們再度編織吟唱的歌謠。

長桌早已擺滿琳瑯滿目的菜餚，有來自燄之谷的烈酒、肉食，與各式各樣容易飽腹的大分量餐點，當然也有本地精靈的特產水果，以及以各有不同效用的蔬菜等植物製成的精緻食品、糕點。

半精靈坐在靠窗的兒童座位，嗅著餐桌上眾多餐點的氣味，邊用湯匙輕輕按壓果凍狀的淡綠色甜品，然後看著眼前這群開啓閒聊模式的大人。

「聽說你們族中有新生代出現下一任繼承者的特徵？」用餐期間，公主如此詢問。

「是的，新生兒裡確實出現了接班人選，若是好好培養，不出意外就會是新族長。」訪客並沒有避而不談，反而很大方地回應：「我想應該會是很優秀的一代。」

「那或許是主神的庇佑，這麼一來，你很快便可以安心卸任，重新回歸旅行及冒險的生活。」精靈並沒有忘記好友最喜歡的事就是遊歷世界，當初也因爲如此他們才會在外面相遇，進一步在險境裡同甘共苦，成爲朋友。

「嗯。」訪客點頭，眼裡有一絲愉悅與釋然。

接著三人又轉到其他話題，有些是旅途中出現的搞笑事蹟。

「我記得那時候亞那穿了女裝，潛入堡壘裡，結果因爲裙子太長了狠狠地在紅毯上摔了一跤，沒想到竟意外引起人類王的注意……」

「還有……」

「凡斯那時候確實在祭典喝醉了，主神必然記得當夜的一切，見證了凡斯跳進許願池的罕見一幕……」

半精靈坐在一邊看著大人們的交談，他們姿態非常隨意放鬆，所有人身上都充滿了快樂的氣息，顯然如這樣子待在一起吃吃飯、做點什麼事情，對他們來說是極大的歡愉，並且輕鬆。

「說起來，我以前還眞懷疑過凡斯是不是喜歡亞那，是想要追求的那種喜歡。」笑咪咪的公主剛一說完，兩名成年男性不約而同被食物嗆到，同步地拚命咳嗽。

公主收到了兩道帶著指控的注視。

「主神在上……！」三王子瞠目結舌地看著妻子，語氣充滿驚恐與不敢置信，「妳竟然曾經這樣想？」

訪客一邊猛喝水把嗆到鼻子裡的刺激調料味道沖掉，邊震驚地看著公主，像是看見某種即將引爆大型術法來讓世界同歸於盡的癲狂生物。「到底是什麼讓妳誤會得這麼離譜？」

「畢竟你們以前同進同出，連吃飯玩鬧都混在一起，綁定的時間太多了。」公主笑了起來，聳聳肩，一臉無辜地開口：「亞那向我表露好感時，我還以爲這是你們的什麼新遊戲。」

兩名驚愕的男性幾乎同時發出抗拒的哀號。

「主神在上，這絕對是一個連微風都要狂暴的誤會。到底爲什麼會讓妳有這種想法？」

「離譜至極！離！譜！」

遭到抗議的公主看看被嗆到眼角泛紅的訪客，又看看雙頰都驚紅了的丈夫，轉向安靜吃飯的孩子開口：「絕對是你們的舉止太容易讓人誤會，對吧？小亞。」

坐在一旁看戲的半精靈莫名其妙被戰火波及，含著嘴裡的水果，表情平靜無波，根本不想搭理他們。

無聊的大人們。

他看起來像是親眼見證過這三人過往的那種存在嗎？

他就只是個孩子。

大人們沒有得到孩子的答案，只得到一段無言，也不怎麼在意，笑鬧過後又繼續聊天了。

「不過鬼族那一年來勢洶洶，我並不覺得他們會這樣子隱匿在歷史之後，這兩年又開始聽見鬼族在偏僻村莊作祟的傳言。死亡氣息隨著風被傳來，邪惡籠罩了無人看見的角落，或許很快我們就必須再面對那些殘酷的存在。」換了話題之後，王子嘆了口氣。

鬼族其實是很難消滅的存在，生命容易受到引誘，容易因爲種種事物而扭曲，也容易被殘留的毒素戕害，僅僅一個不注意，鬼族就會平空而來，積累成害，終有一天飄散在空氣裡的邪惡會再次招來軍隊，重新席捲自由世界。

「我們會再將他們擊潰。」訪客聲音平穩，毫無畏懼、也沒有任何擔憂，似乎並不把敵人看在眼裡，充滿了自信的肅殺語氣。

確實，如果以對方黑色種族的身分來看，或許是邪惡更害怕他們一些。且在上一次的戰役之後，「另一側」的存在開始被接受，未來他們只會更加壯大。

三人互視之後笑了笑，一同舉起杯。

「爲那些偉大的歷史與犧牲者們……」

杯盞輕碰的聲音停滯在空氣中，三人安靜了下來，各自陷入了沉思。

年幼的半精靈坐在一邊，同樣靜靜地看著成人們。

這時的他還過於年輕，不太能完全理解那種被戰役一次又一次影響過後的戰士們的心境，他只能感覺到這些人都在懷念著某些事情、哀傷著某些事情、記憶著某些事情，而這些過往的歷史終將成爲推動世界的手，讓活著的生命繼續向前行。

黑色的訪客微微斂起目光，視線掃過坐在一邊的半精靈孩童，若有所思地停頓了一會兒，緩緩啓齒：「你們的孩子將會選擇『哪一邊』呢？」

在座的夫妻很清楚友人這句善意詢問的意思。

混血的精靈或者混血的炎狼終究無法得到最純粹的力量，他們須要在孩子還小的時候早早打算，這樣在成年時甦醒的血脈會更加強大，未來成爲無法忽視的一方霸主。

而舉行剝除儀式前，要準備的東西還很多，最好是早日決定並盡快湊齊所需物件。

「這就得看他自己的選擇了。」公主抬手摸了摸孩子的頭，露出溫柔的笑容。

這件事情其他人自然也討論過，炎狼那邊跳腳著覺得當然要選擇強大的獸王族，一旦血脈純淨，原本沒有的獸身本相也會跟著顯露出來。

當然精靈王這邊也毫不相讓，精靈們更期待三位王子的新一代。

爲了這事情，炎狼的王已經多次跑進冰牙族找精靈王捶桌，兩名王者出現了前所未見的幼稚爭執——當然是在別人看不見的地方。

不過最終，想要如何選擇依舊是依孩子本身意願，所有人想歸想，無法強迫本人。

三人看過來時，半精靈也抬起頭。

「我想要的是……留下所有。」

✦✦✦

違和感並沒有減少。

只是變得很溫柔。

因此他安安靜靜地沒有抵抗，僅僅想再多看看幾眼這份靜謐又美好的時光，這是讓他感到有點陌生但又可能在某些片刻期待過的畫面。

直到他們聊起了自己的血脈。

這其實不是「他們」應該提醒自己的話題，畢竟他們並不是「眞正的存在」。

他緩緩地開口終止這份溫馨：「我想要留下所有。」

無論是精靈的血脈或者炎狼的血脈，這都是父母最後留下來、僅僅只有他唯一繼承的東西了。

「即使未來不可能如頂端王者強大，但我依然想要留下來。」

半精靈抬起頭，看著三人：「因爲你們已經不在。」

空氣在這刹那凍結。

這就是他遲遲無法揮去的違和感，所有的事情都不對勁，所有的事情都令他感到懷念，這就表示在眼前的一切都是被「念想」的過往。

什麼狀況才會有這種「念想」？

——失去的時候。

與上一輪「幻夢」時的結論相同。

……是的，他已經開始想起前一次起床後的種種異狀，雖然僅是碎片，然而這些碎片正在緩緩組合，爲他指向眞實的路徑。

他再次開口，語氣有些乾澀：「這並不是現實，即便再如何美好。」

「你怎麼確定這不是現實呢？」王子微微笑著，並沒有因爲被否定而動怒，周遭的空氣再度流動了起來，帶著淡淡的草木香氣、食物與茶的氣味，一切都顯得很完美靜好。「小亞，你可以仔細看看我們，如果這不是現實，難道你想選擇將魂靈吞噬的夢魇？」

半精靈搖搖頭，有點艱難地回答：「如果是你們，會說出的不是這樣的話。」

王子與公主停頓了半晌，兩人慢慢露出一種很久違的苦笑，就像他們某一次討論著孩子未來該如何時，被眞正幼小的孩子抓了個正著，露出的那種心酸又無奈、捨不得的笑容。

「我也……不是個孩子了。」半精靈放下手上的小杯子，慢慢地跳下墊高的座椅。原本矮小的身形逐漸轉變，從五歲、六歲不斷增加，高度也不斷向上拔高，一點一滴地成長爲青少年之後的模樣。

那張臉孔也與王子越來越像。

「我還在繼續向前走，度過了不穩定的血脈，也度過了力量無法平衡時的風暴，我的路上並不是只有我一個人，有許多人正在幫助我，替我守護我的選擇、留下僅剩的念想，也就是父母賦予我的血脈。」半精靈看著餐桌邊的三人，當然隨著記憶逐漸回籠，他知道其中一人並不會在這裡，因爲早在他出生之前，這位訪客就已經死亡。

所謂的夢想與喜好，都是早被深埋進土裡的「過去」。

而一直冒險的三人組也不是這三人。

可能是他的潛意識裡直接排除某個讓人生厭的傢伙，致使幻境重新邏輯架構，做出了更讓人覺得美好的組合。

確實，當年如果是這樣的話，很可能後續許多慘事都不會爆發得讓人難堪。

「我會一直記住你們，即使你們只陪伴我很短的時間。」他重新看向父親與母親，兩人依然是記憶中帶著溫柔微笑的神情。接著他看向那位黑色訪客，直到死亡都還滿懷懊悔的存在。「妖師一族還活著，即使繼承你力量的其中一個傢伙是個智障，但他現在也略有成長，遲早有一天他會爲黑色種族打開全然不同的道路。」

他知道，這只是個幻夢。

這三人並不是眞正意義上的那三抹歷史中的靈魂。

他們只是幻象。

就像他在許許多多任務裡不時就必須經歷幾次的考驗，幻象總是會呈現各種面貌，但最多的永遠都是失去的那些記憶、存在、親緣。

他只能再一次地說——

「現在的我，過得很好。」

◆◆◆

淡淡的迷霧散去時，周圍出現的是不同於精靈住處的室內輪廓。

逐漸清晰的視野裡是高低錯落的展示架，這些展示架並不是同一時期製作，材質不同、甚至風格不同，架身留有各自製作者的手工痕跡，有的在不顯眼的地方還能找到一點細小的簽名。

展示架上多少殘留了一絲歲月痕跡，有的保持一縷幽幽的花草香，像是從精靈族的森林中送來，有的則鐵鏽斑斑，帶有矮人工藝那種粗獷卻具魄力的線條感……諸如此類，各不相同。

架上擺放著零星物件，有的看上去很正常、只是擺件，例如小雕刻、小水晶；有的看上去則是不明所以，簡直活生生一團馬賽克，扭曲得搞不好製作者自己都說不出那是啥玩意。

「……」

半精靈沉默了幾秒。

喔，原來如此。

又被店裡的東西暗算了。

從千年之前被原生種族合力送離時間軌跡後，爲了避開某些追殺與排斥，他在這裡生活了一段時間，並向其中一人學習了不少事物、武術，直到後來他們以師徒相稱。

有這層因緣，所以他小時候時常在店裡幫忙打雜，整理那些看起來正常，但實際上從內到外都有毒的物件，直到必然的時間到了，被師父帶去學院、住進學院爲止。

當年在這裡的那段時間……

嘖。

「好玩嗎？」

笑吟吟的某傢伙從櫃台後面冒出來，帶著很欠揍但是無法揍贏他的可惡笑容，這張臉的主人語帶調侃地說：「沒想到還有東西會讓你有反應啊，我還以為你心靈強大到免疫很多小玩具了呢。」

搖著手邊的扇子，目前使用青年體型的傢伙坐在椅子上，蹺著腳，態度有點漫不經心與戲謔，似乎對自己不經意看見的某齣戲感到滿意。

半精靈懶得理他，安靜低頭地看著手上的物品。

這是一件來自精靈族的小木雕，線條簡樸而溫柔，上面殘留著祈願符文，顯然是某位精靈時常握在手中的祈禱物。這位精靈大概是陷入了無法逃脫或比較痛苦的境地，因此製作自用的精神庇護物，木雕內藏術式，可短暫讓持有者進入一段美好幻夢，以此保護心靈、延緩崩潰。

這並不是逃避現實，也不是生命的怯懦行為。

那是一種為了求生而不得不展現的智慧，身處絕望境地時，生命需要一個「安全點」，以此寄託心靈，讓精神得到喘息的機會，不被苦痛折磨崩潰，延長意志的清醒來拉長等候救援的時間。

木雕內的術法沒有攻擊性，解除後中術者能自然離開幻夢。很明顯，它的原主人只是想活下去。

但這類術法會被啟動往往是因為……

半精靈微微皺了眉，他自覺應該不會隨意啓動這些維護心靈的物品。
然而這玩意卻對準他運作了。
是放太久所以內嵌的術法損壞了嗎？
這也有可能，畢竟他即將脫離第一個幻境時，很快又被拉進第二個。
他浮起了一種想把這木雕術法剝出來看看的衝動。
話說回來，木雕的主人呢？

「如果你很在意原主人的話……他還活著唷。」
像是看穿半精靈的想法，青年笑笑地說：「當然不會告訴你是誰。只能告訴你一點關於他的事情。」說著，他伸出手掌，示意對方使用付費。
半精靈拿著木雕去櫃台邊結帳。
店裡的規矩：商品結緣了就得帶走。
無論取得的人是什麼種族，人類或精靈，螞蟻或野獸，只要與物品有了連繫，在反應過來時大多會取走物品，並承擔之後發生的一切。
友情提示：還不能退貨。
喔，也不能說是店內規矩。

事實上這裡並不能說是「一家店」，整個空間更像眼前這人的「收藏間」，只在某些時候被某些人看見，進而為這些人開啓門扉，替物品搭起橋梁。

……而另一座更大的「收藏間」，其實就是現在的學院。

大型、高危險致死的東西都安放在那裡，很卑鄙地借用學院的巨型術法來收存，並定時動用各種力量維護，還言之鑿鑿地說那些都是學校設施、教學物品，每年都有大批學生與教職員死在「收藏物」之手，美其名是歷練，實際上就是公器私用。

絲毫不介意小朋友的白眼，青年喜孜孜地收下代價，然後給予故事。

「這位製作者是一位戰士，當年在『大眾歷史沒記錄的戰爭』中掉進空間夾縫，彼端連結的是魔族深淵，所以他只能把自己固定在夾縫裡等待族人的救援，並且耗盡力氣抵禦魔氣侵蝕，後來他很幸運地得到了路過的時間種族幫助，脫離險境，這件物品流落在夾縫裡，因緣際會來到我手上。」

搖著扇子，青年緩緩地補充：「他的運氣算很好，但也不算好，困在裡面近百年，等到時間種族發現時精神差點崩潰，幸好他有著『幻夢』的寄託，否則早就消散在無人知曉的夾縫裡……所以生命嘛，有時候真的就需要那麼一點點念想。」

扇後的眼睛注視著不以為然的半精靈，似笑非笑地說著：「希望、思念，還是愛。就算只是微小的光，也能成為活下去的理由。你認為呢？」

「……嘖。」半精靈收起手上的木雕，不予置評。

或者說，他早就學會不把太多脆弱露出來，尤其是面對眼前這傢伙。

青年不怎麼在意對方的反應，愉悅地欣賞了一會兒小孩的無視，繼續搖動著扇面。「類似這樣的東西，還有不少呢，不知道接下來被無聲呼喚帶來的訪客，還有誰～」

有誰會困在迷茫的「幻想」？

有誰會讀到過去的「歷史」？

有誰會見到相悖的「虛假」？

有誰會得到未來的「啓發」？

「眞有趣呢……來瞧瞧再度打開門的會是哪個世界？」

青年噙著笑意，聲音在店內深處迴盪。

「下一個，會是誰呢？」

〈特殊傳說・溯回夢〉完

感謝大家!
2025

後記

沒想到不知不覺已經二十年了。

有種好像前不久還在寫十年，結果突然又要開始寫二十年的驚訝感。

如果有人類孩子，現在都已經大學了啊（笑）

一路走來遇到不少顛簸，無論是寫作上或者生活上都歷經了各種風風雨雨，期間灰心過也質疑過，周邊還有一些人離開過。

但總的來說，得到的是更多快樂的好事與記憶，因爲寫作所以認識了現在的好友們，也見識過很多不同的風景，學會更多有趣的技能等事物。

至今不變的是故事還在持續著，故事們像是許多盞指路的燈似地一直耐心在前面等待我跟上去。

接下來也許還會有更多新成員陸續加入，屆時也期待各位會喜歡這些孩子們。

二十年來最感謝的是始終在身邊支持鼓勵我的家人，畢竟我的人形載體不耐受度高，隨便一個冷熱就可以各種毛病爆炸，得經常勞煩家人帶我去醫院和診所，沒死機眞的必須好好感謝及時處理的家人親友。

感謝蓋亞文化的出版團隊，尤其感恩老闆、經常直面我精神攻擊的總編與責編，讓編輯們幫忙協助處理了各種大小問題，還定時在死線前翻滾眞的很抱歉。

這次《廿載》其實也嚴重拖稿了，然後在死線前電腦主機還掛了，只能帶著三條黑線告訴責編：電腦好像升天了，稿子在裡面。

當時都可以透過螢幕感受到編輯絕望的尖叫。

眞的，非常非常地辛苦。

在此向泣血的編輯們與製作團隊致敬。

但無法保證沒有下一次，也請今後多多包涵。

謝謝合作過的每位畫家老師們，這麼多年來每位老師都很認眞地繪製精美的彩圖與插圖，眞的相當厲害。

未來也期待老師們的美圖，希望每位老師畫技超神，越來越強！

感謝支持至今的所有可愛讀者們。

這些年來得到了許多人的喜歡與反饋，眞的讓我很開心。

因爲我在網路上的活動與互動偏少，但大多數朋友還是很友善包容和支持體諒，不時還會分享有趣的事物，這點眞的相當感謝。

陸陸續續走來也二十年了。

現場活動看著大家開始帶伴侶、帶家人、帶下一代繼續入坑，感覺榮幸和感動之餘，也感受到一種好像在進行某種傳承的不可思議。

眞的很謝謝大家。

二十年一路至此，能遇見每一位有緣人，永遠都是我最幸運的事。

我愛大家，希望大家平安健康、幸福快樂發大財。

我還會繼續寫下去。

未來也請大家多多指教了。

護玄 2025.8

國家圖書館出版品預行編目資料

廿載·繁華夢／護玄 著. ——初版.——台北市：蓋亞文化，2025.09 面；公分.—— ISBN 978-626-384-232-8（平裝） 863.57　　　114010481

護玄作品 HX002

廿載 繁華夢

作　　者　護玄
封面插畫　紅麟
封面設計　單宇
主　　編　黃致雲
總 編 輯　沈育如
發 行 人　陳常智
出 版 社　蓋亞文化有限公司
　　　　　地址：台北市103承德路二段75巷35號1樓
　　　　　電話：02-2558-5438　　傳眞：02-2558-5439
　　　　　電子信箱：gaea@gaeabooks.com.tw
　　　　　投稿信箱：editor@gaeabooks.com.tw
　　　　　郵撥帳號 19769541　戶名：蓋亞文化有限公司
法律顧問　宇達經貿法律事務所
總 經 銷　聯合發行股份有限公司
　　　　　地址：新北市新店區寶橋路二三五巷六弄六號二樓
　　　　　電話：02-2917-8022　　傳眞：02-2915-6275
港澳地區　一代匯集
　　　　　地址：九龍旺角塘尾道64號龍駒企業大廈10樓B&D室
　　　　　電話：+852-2783-8102　　傳眞：+852-2396-0050
初版一刷　2025年09月
定　　價　新台幣 399 元
Published and printed in Taiwan

ISBN 978-626-384-232-8

HX002
GAEA

廿載繁華夢

蓋亞文化　讀者迴響

感謝您在茫茫書海中選擇了蓋亞，您的支持是我們最大的動力。
不要缺席喔，讓我們一起乘著夢想的羽翼，穿越時空遨遊天地！

姓名：	性別：□男□女	出生日期：　年　月　日
聯絡電話：	手機：	
學歷：□小學□國中□高中□大學□研究所	職業：	
E-mail：		（請正確填寫）
通訊地址：□□□		
本書購自：　　縣市　　書店		
何處得知本書消息：□逛書店□親友推薦□DM廣告□網路□雜誌報導		
是否購買過蓋亞其他書籍：□是，書名：　　□否，首次購買		
購買本書的動機是：□封面很吸引人□書名取得很讚□喜歡作者□價格便宜□其他		
是否參加過蓋亞所舉辦的活動：□有，參加過　　場　□無，因為		
喜歡出版社製作什麼樣的贈品：□書卡□文具用品□衣服□作者簽名□海報□無所謂□其他：		
您對本書的意見：◎內容／□滿意□尚可□待改進　◎編輯／□滿意□尚可□待改進　◎封面設計／□滿意□尚可□待改進　◎定價／□滿意□尚可□待改進		
推薦好友，讓他們一起分享出版訊息，享有購書優惠　1.姓名：　e-mail：　2.姓名：　e-mail：		
其他建議：		

◎請沿虛線剪開、對摺、裝訂後寄出

◎請沿虛線剪開、對摺、裝訂後寄出

廣告回信 郵資免付
台北郵局登記證
台北廣字第00675號

TO：蓋亞文化有限公司　收

103 台北市承德路二段75巷35號1樓

GAEA

Gaea

繪/AKRU